晚安

钟二毛／著

人民文学出版社

图书在版编目（CIP）数据

晚安 / 钟二毛著 .-- 北京：人民文学出版社，2023
ISBN 978-7-02-018484-2

Ⅰ．①晚… Ⅱ．①钟… Ⅲ．①中篇小说－小说集－中国－当代 ②短篇小说－小说集－中国－当代 Ⅳ．① I247.7

中国国家版本馆 CIP 数据核字 (2023) 第 248953 号

责任编辑　徐晨亮　王　瑨
装帧设计　李思安
责任印制　张　娜

出版发行　人民文学出版社
社　　址　北京市朝内大街166号
邮政编码　100705

印　　刷　三河市延风印装有限公司
经　　销　全国新华书店等

字　　数　158千字
开　　本　850毫米×1168毫米　1/32
印　　张　8.75　插页3
版　　次　2023年12月北京第1版
印　　次　2023年12月第1次印刷

书　　号　978-7-02-018484-2
定　　价　52.00元

目录

001 · 晚 安
043 · 枪和一只公鸡
071 · 最佳聊友
097 · 两个父亲
115 · 自杀森林
135 · 你说《水浒》是不是硬核小说
155 · 失眠的第三个夜晚
175 · 堡 垒
211 · 证 明
237 · 时间之门

271 · 后记：晚安，亲爱的朋友

晚安

有一个秘密，这辈子只能烂在肚子里了。

不是不能说，是没法说。

那天清晨，母亲说，我想死了，你帮我吧。

我一秒钟都没有犹豫，脱口而出，好。

不知道是不是因为知道我是刑警的原因，主治医生每天早上来查房的时候，问来问去就是一句话："阿姨，今天舒服点吗？"然后就是笑笑说："好的，我知道了。"他这么寡言，我猜是出于谨慎，担心话说得不恰当，被我抓住把柄记在心里，万一有个什么纠纷，拿着当证据。现在医患关系太紧张，医护人员就像一台上了程序的电脑，一切都按照事先设置好的规定动作来，一二三四，二二三四。

果然，当母亲饿了一天之后，主治医生执行了第二套规定动作：管饲。我记得很清楚，六月一日，晚上九点，第二次化疗结束，主治医生亲手关掉监测仪，我跟了出去。我问，现在吃两口吐一口，以后要是吃一口吐两口，怎么办？甚至吐都没东西吐，怎么办？主治医生说，钟警官，根据通常做法，我们会采取管饲，也就是插根管子到病人胃里。想不到，这一天真的到来了。

护士长带着两个护士过来，俯下身给母亲说，阿姨，你肚子里没东西，不行啊。至少有四十岁的护士长，话说得很亲切。我母亲不是傻子，好歹是个知识分子，大学老师当了三十年，马上明白了来者之意，把头偏向床边，看着护士长，说了一句很清楚的话：我不饿。

讲完这个话，母亲示意我拿水给她喝。我要喂她。她摆手。她反手摸到储物柜上的汤勺，动作很慢，但却很准确地插入口杯里，搅拌了一会儿，舀出一满勺凉开水。手一直抖，到嘴边的水，不到半勺。呛，咳。半勺水真正进到嘴里，也就几滴。随后，母亲的头勾在被子上，缓慢地转动着脖子，看了我一眼，像是宣布她刚才的成功。

护士长给母亲掖了掖被子，退出病房。

母亲轻声讲了一句：天亮，回家。

化疗、化疗，每种癌症都是化疗。化疗就是真理。放之四海而皆准。这种真理让人怀疑又不能怀疑。你怀疑它，你又找什么替代？这让人害怕。所以，每次化疗一结束，我就想带着母亲逃离病房，逃离医院。遗憾的是，每次化疗吊完数不清的药水之后，时间已经走过清晨、上午、中午、下午、傍晚，来到了晚上，不是九点就是十点。等不到天煞黑，我会趁母亲似睡非睡的时候，把墨绿色的窗帘拉严实。因为，第一次化疗的时候，看到窗外的世界万家灯火，母亲就再也睡不着了，她一个晚上都在数着对面一个高层小区亮着的窗户，直到凌晨三点多钟，整个墙面漆黑一片。

谢天谢地，母亲睡了一个好觉。主治医生早上过来查房的时候，母亲已经吃了小半碗粥水。

阿姨，今天舒服点吗?

想今天出院了。

好，一会儿到护士站拿药。先出院，手续到时候回来再办。

化疗副作用，会潜伏一天，从第三天开始。出院的时候，母亲精神还可以，回家的时候，我特意把车绕到水库那条老路。上午十点，路上车少，风景很美，左山右水，红花绿树。我把后视镜往下掰了掰，看到母亲靠在后座上，头稍偏，压着车窗边缘，眼里淡然而出神，仿佛高僧坐化圆寂了一般。我有点害怕，猛地咳嗽一声。母亲动了一下，看了我一眼，以为我怎么了。母亲动了，我放心了，假装抓了抓头发，然后专心开车。母亲随即恢复了刚才的动作。在恢复动作之前，她理了理头上的蜡染包巾，把头顶上剩下的几缕头发拨弄到额前。母亲用的是兰花指，正好一片从树叶中间透漏下来的阳光，碎银子似的落在母亲的脸上。水红带蓝的头巾，淡然的眼神，母亲像一个想着心事的少女。

这样的宁静太难得。我故意把车开得很慢，绕行山水之间。

小毛最近有什么消息？快到家的时候，母亲问。

打了他电话，没打通，不知道是不是还在非洲。

回到家，还真应了母亲说的。小花猫把家里扒了一个遍。

母亲饶有兴致地整理着，掉在地上的衣服、书本，还有旧报纸。收拾了约二十分钟，母亲自己坐到床沿上，踢了一下脚边的小花猫，猫叫了起来，母亲试图再踢一下，却没成功。母亲疲乏地躺在被卷上。

我一手扶着母亲的背，一手扯开被卷，塞到一边，再放母亲躺下。

母亲看了我一眼，说，我不饿。

母亲不饿，我饿了。我到冰箱里找出一袋速冻饺子，下了锅。饺子翻腾的时候，我给妻子和女儿发了条微信，告诉她们，第三次化疗结束了，现在回到家了，勿念。

在检察院批捕科当公务员的妻子、寄宿在校马上升高中的女儿，很快回复了微信。

我顺带又把微信转发给了弟弟小毛。转发的号码是他美国的手机。他在美国硅谷当工程师，三十好几快四十了，光谈恋爱不结婚，说自己“恐婚”。他一周前去了非洲，援建一个综合医院，负责安装和调校医疗设备。

山高水长，日夜颠倒，手机从来不显示发往异国的汉字是否被读到。这让人失望。

我把手机丢在一边，夹烂一个饺子，肉汁流出来。觉得少，又夹烂一个。发现，太浓太油，赶紧加了点饺子汤，装成小半碗，给母亲端过去。

母亲侧着身子，睡着了。我伸过头去，她的脸笼罩在昏暗中，特别庄严的样子。

母亲一觉睡到日没西山。落地窗看出去，火烧云逐渐淡去，夜幕翻滚而至。

母亲坐起来。我把温在锅里的小半碗肉汁端过来，母亲在一呛一咳中完成了一半任务，然后摆摆手。我也作罢，随即把床头柜上的温水瓶旋开，备着。

我早已不再像刚开始化疗那样，逼着母亲进食，骗着母亲进食，感化着母亲进食。

那个过程已经过去了。我相信，母亲忠于她的胃口，胜于儿子的说教和求饶。我可以诓骗母亲，但我诓骗不了她的食欲。

出来沙发坐一会儿吧，睡了那么久。我说。

母亲坐起来，理了理她那完全可以忽略不计的头发。但她做得很认真，十个指头往后拢着，像一副掉了齿的耙耕耘一块旱地。

头发梳理好后，母亲移步到沙发。小花猫跟到脚下。

按照习惯，我没有开灯，没有开电视。

母亲伸出脚又要戏逗小花猫。脚刚要出，她哎哟了一声。整个人伏在沙发上。微暗的光，包裹着母亲。瘦骨嶙峋，像一把尖刀。蠕动着，在寻找舒服的姿势。最后，她滑下沙发，跪在地板上，手撑着膝盖，久久不动。

跟网上说的一模一样，这种癌会出现强迫体位，那就是跪着。跪着才能缓解疼痛。

回医院去，打镇痛剂。我说。

不去了，上次打完照样不舒服，“哎哟”都喊不出来。母亲说的是大剂量镇痛剂打完之后的副作用。

我帮不了母亲，只能任她跪着。

跪在猫前。

跪了一夜。

猫都睡着了。

还是昏睡好。昏睡就不疼了。我把母亲房间的窗帘拉上，后来干脆把客厅的也拉上了。母亲跪着让我难受。她睡着的时候，我会刻意把她弯曲的腿摆平、摆直。

可是清醒的时间还是多。

清醒就要跪。跪。跪。跪。跪到天亮。跪到天黑。

跪到第三天，母亲讲出了她的决定。

当时是清晨六点，我醒来，第一件事是去烧一壶开水。

母亲的房间开着，大亮。原来她自己把窗帘拉开了。客厅的窗帘也拉开了。

一丝风都没有。窗外小区的几座高楼、远处的整个城市，兵马俑一样，安静伫立，整装待发。突然，马路上开过洒水车，呜呜的警报响起，偌大的世界一下子就活了。卖早点的店开门了。公交首班车上路了。背着书包的小孩出现了。为了躲避早高峰提前出门的小轿车出现了。一天开始了。

我端着新鲜开水，进了母亲的房。旋开保温壶，把几乎没动过的隔夜开水换出来。

母亲说，大毛，我想死了，你帮我吧。

我说，好。

我应完母亲，回到客厅，烧第二壶开水。水壶接通电，小红灯亮起。我静静地站着。不一会儿，水咕噜咕噜响起。

这声音，我觉得特别好听。像个小孩，活蹦乱跳的样子。

我就让水一直开着。咕噜咕噜，咕噜咕噜。咕噜咕噜，咕噜咕噜。咕噜咕噜，咕噜咕噜。咕噜咕噜，咕噜咕噜。我心想，要是水就这么一直咕噜下去，老子他妈的就是站成枯木也陪你咕噜下去。可是咕噜很快就灭了。

我退后两步，坐在餐桌上。手机正在餐桌上充着电，我拔了，给不知道是在美国还是非洲的弟弟发了条微信：“小毛，妈妈有事，急事，尽快回复。哥。”

我和弟弟的微信记录一直没删，没时间删。我翻了下，这三年来，我们说的内容全是母亲的病。三年前确诊，是癌。中医，偏方，西医，最后才上了化疗，一次，两次，三次。击倒，再击倒，最后跪着，跪过白昼，跪过黄昏，跪过漫漫长夜。

有次，半夜，我站在门口，看着母亲跪着，像一尊雕塑，不知道为什么，我也跪了下来，我也跪得跟一尊雕塑一样。跪了多久我不知道。最后是猫轻轻叫唤了一声，我才抬起头。猫从沙发上跳下，落在母亲边上。母亲依然保持着原有的姿势。猫左右翻了个身，最后也安静了。我站起来，坐在椅上，看了她们很久……

四处拉开的窗帘，让人想出去走走。我推出轮椅，带上母亲。母亲居然摆手不用轮椅，自己扶着墙壁，走出门口，走到电梯口。等待电梯的时候，她冲我用力地笑了笑，大概是一种无奈的意思，最后还是挪到了轮椅上。

我从后面抱起母亲，把位置坐正。母亲在我双手里，只剩骨头，宛如一块烧了半截的木炭。

我们就在小区里走走。小区靠近一座山岭公园，无论天气再热，总有凉爽的风。

跟试图不要坐轮椅的心情一样，母亲在小区里兴致挺高，嘴里咿咿呀呀地说个不停：

这是什么花呀？开得蛮好看咧。

管理处干吗去了？这个水井盖还没固定好，哐当哐当的。

啊哟，哪里来的野猫子，脏兮兮的，可怜。

野猫之事，让母亲想起家中的小花猫。小花猫原本也是野猫。三年前，母亲抱了回来后才成了小花猫。

母亲要我推着她回家，说要喂小花猫了。

其实是我喂的小花猫。母亲不过是把猫食交给我而已。一边看着我投猫食，母亲一边慢慢说话：

你是刑警，你知道如何安乐死。

我没有说话，继续喂着小花猫。

小花猫抱回来之后就成了懒猫，一天多餐，晚上十二点还闹着来一顿夜宵，饱餐之后，坐着也可以睡着。

小花猫又坐在母亲脚下了，小盹儿打起来。母亲移动着脚推了推小花猫。小花猫没反应，果然瞌睡了。母亲继续慢慢说话：

这几天，我们每天说说话，七天后，你就动手吧。

我说，好。

好就跟我跳支舞。母亲突然站起来，很有力的样子，打开双手，脸上微微笑。

母亲吓了我一跳。母亲年轻时爱跳舞，爱跳交谊舞，退休后仍爱跳交谊舞。这几年老年人流行的广场舞，母亲从来不参与。她只爱交谊舞。

我不会跳舞，但我没有任何理由拒绝兴致高昂的母亲。我把手搭进去，像个机器人，托着母亲，但不敢太用力。

和你老爸一样笨，来，华尔兹，走起来，一、二、三，退左、横右、并脚，并脚呀！来，开始，蹦、嗒、嗒，蹦、嗒、嗒…… 母亲在教我。

跳到最后，母亲完全不管我了，伏在我臂膀上，身体微微地摇动着，不肯停下来。

弟弟一直没消息，真想揍他一顿。

我想找人说说话。妻子出差了，女儿跟着学校乐团到意大利演出去了，都是七天后回来。

父亲在天上。父亲如果还活着，多好，这个主意他来拿，我执行就是了。他干了一辈子的刑警，比我勇敢，比我有眼光，到现在为止，公安学校的刑侦教材还援引他当年办的案子。

三年前，如果母亲不查出这个癌，父亲也不会悲痛过度，早母亲而去。你说也真是的，父亲这么硬的骨头，怎么被母亲的病搞得魂飞魄散。

要是父亲留下了，陪着母亲，到今天，整好八十，多好一件事。

我跟领导电话请假的时候，就听到母亲在客厅喊了，过来啰，跟你讲几句话。

母亲这一声唤，让我想起小时候。小时候，母亲要给我们两兄弟上教育课的时候，她就会说，过来啰，跟你们讲几句话。

我搬一个凳子，坐下。

以前，母亲是坐在藤椅上讲。现在，母亲是跪着讲。

母亲的第一讲，是她的一个游历故事：

八几年的时候，我们学院有个外教，第一个外教，比利时人，名字叫雷帕尼，我们叫他“老雷”。当时全校能用英语跟他对话的，没几个，我是一个。而且他知道我读过原版《圣经》，我们聊得来。他大事小事喜欢黏着我。你老爸开始还以为我想改嫁到比利时，紧张得要死，派刑警跟踪我们。

这个老雷，可以说就是一个酒鬼。只要有酒，什么都OK。他也不管什么酒，管你红酒还是香槟，还是啤酒，还是我们湖南乡下的米酒，是酒就喝。有次给学生讲语法，讲着讲着就跑了出去。有学生在厕所里看到他，好家伙，他居然跑到厕所里喝酒，酒气冲天。学校要开除他。还没等学校下命令，老雷把衣服、家什搬到街上的宾馆去了。但学生不愿意，联名写信要留这个老师。学生觉得上他的课，好玩。不得已，学校又把老雷请了回来。

我们所有老师，对老雷最大的迷惑是，他怎么一天到晚总是笑哈哈呢，难道他就没有一点忧愁，这是人的性格，还是酒的作用？这个问题，我至今搞不懂，世界上怎么会有这么开心的人？

后来，老雷去了北京，进了他们的驻华大使馆。到大使馆工作，更疯了，全中国到处玩，成了中国通。云南摩梭女儿国，还没开发的时候，他就已经玩了个遍。有时候他会突然回到学院，给每个认识的老师送礼物，各种造型的巧克力，还有糕点，他说那糕点是刚刚从比利时空运过来的，大家都相信他说的，因为他那么开心的样子。

二〇〇八年汶川大地震那天，老雷正好在长沙。他带一帮学生，来了我们家。来我们家干什么呢？比利时电视台那边要电话连线他，做现场报道。老雷就导演了一场戏：比利时越洋电话打过来，老雷假装在现场的样子，扯着嗓子喊，现在中国汶川的老百姓如何如何，政府如何如何，我们一群人就不停地从老雷身边跑过去跑过来，几个会说四川话的人，就断断续续喊着、叫着。就这样，他完成了现场直播。他说，他这一个直播，可以得好几千块。你爸气得要打人，说他是个骗子。

你看，就这么一个人，但他却受到很多人喜欢。包括他老婆。他老婆是比利时国王家族里的人哦，很好看，而且小老雷一二十岁。前几年，老雷在西藏还是哪里我忘记了，摔断了腿。他提出要跟他老婆离婚。他老婆居然不干。

老雷腿断以后，就回了比利时，接着这个中国通就卧床不起了，他那个病叫什么，我记不得了，总之起不来了。我得病前一年，老雷给我发电子邮件，邀请我去看他。我还没来得及回邮件，就有人给我送来了去比利时的机票。原来他和我大学共事的时候就偷偷记下了我的身份证号码。你说这个人坏不坏。接着，签证手续很快办好。你还记得不，那次我出国，也是匆匆忙忙告诉你的。

到了比利时，才知道是参加老雷的死亡仪式。

天天赖在床上不好玩，喝酒也被制止了。老雷觉得没意思，不想活了。

他给当地执行安乐死的协会打了个电话，工作人员过来一核实，死期就商定下来了。

老雷安乐死的日期，就是我到达比利时、见到他的那个晚上。

老雷邀请了十几个好友，国外的，有几个，但中国客人，我是唯一一个。老雷说，为什么邀请我过来，因为中国人活得太谨慎，我是其中一个代表，所以想让我看看，其实一切都很简单。

那个晚上，约来的十几个朋友一起喝酒、说话。老雷躺在床上，又吼又叫又唱，酒洒了一身。执行安乐死的工作人员也在一边玩耍、热闹。他们的工作就是待到客人们一一散去，再给老雷一杯茶，然后道晚安。

整个告别晚宴，我都在一边跟老雷的两个女儿聊天。他两个女儿都是耳洞那里有颗痣，我记得很清楚。

突然，我就听见老雷用中国话大声说：

×你妈，什么阎王爷大笔一挥，老子今晚找你算账，一瓶二锅头灌死你！

……

母亲想继续还原老雷喊叫的那些话，终究没有那个气力，喘着气，躺下，歇着了。我给母亲倒了些葡萄糖，说，休息十分钟，一会儿我喂你，喝下它。母亲点头。

母亲第二天的第二讲，谈的是自己的故事：

五八年大炼钢铁的前两年，我初中毕业了，全村就我和一个叫翠莲的女孩收到了县高中的录取通知书。

我们本来就是最要好的同学，整个暑假更是形影不离，晚上都在一起睡。有个晚上，她突然不来我们家睡了。我去喊她，结果她弟弟说，你是不是偷了我姐姐的钢笔，英雄牌钢笔。我说，怎么可能？她弟弟说，家里都翻了个遍，就是找不到，你们天天在一起，不是你偷了，还有鬼了？！

我那时候十六七岁，自尊心强得不得了，拉起在一边不讲话的翠莲和她弟弟，去我们家里。他们两姐弟去了我们家里，进了我的房间，关起门来到处搜，哪里有什么英雄牌钢笔？她弟弟满头大汗，不服气，说，你藏起来了，当然找不到。

我站到翠莲面前，说，你讲句良心话，我会偷你的东西吗？

翠莲来了一句，你父母都是老师，按说不应该，但是人心隔肚皮。

两姐弟说完走了。我傻掉了。人心隔肚皮，这句话好毒啊，什么叫人心隔肚皮！

被好朋友怀疑，我一夜没睡，想哭，但一滴泪水也没有，眼睁睁看着窗户有了光亮。

那个时候人好单纯。为了证明清白，趁着天似亮非亮，我偷偷溜出家，三跑两跑跑到河边的一个石井边，我一低头，头发散在眼前，我真的跳井了。

我想以死证清白。

那么深的井，一二十米深，黑洞洞的，必死无疑了。我当时想，这是值得的。

但没死成。

在我跳井之前，人民公社一头刚能走路的小黄牛，逃出牛栏四处乱跑，结果掉进了石井里，四脚朝天。也就是说，我最后是摔在小牛松软的肚子上，再滚落在泥水里。

秋天快到了，水浅得很，可以说是个枯井。

看着四方形的小天空，我这时候才泪如雨下，哭到最后气都接不上来，昏迷过去，直到井口吵吵闹闹。

公社社员早上出工的时候，发现小牛不见了，几百人分头去找，结果就发现了我和小牛。

当然是救人要紧。他们放下酒杯粗的麻绳，底部打成一个圈圈，喊我坐在圈圈里，抓紧。就这样把我拉了上来，想死没死成。

等要救小牛的时候，大家才大拍脑门，呀，刚才应该先救小牛，让田家丹丹把小牛给套住，拉上来，再拉丹丹啊。怎么办？牛是公社重要财产，必须要救。不救，死在井里，瘟疫不说，不吉利。

也没有人出主意说吊一个人下去，去套小牛。

大家想到的是填井。于是，一个生产队的人用了一个上午挖泥、挑泥、往井里倒泥。求生本能让小牛在井里跳着舞，一点一点地升高自己的位置，最后终于轻松跳出井口、恢复自由。

因为跳井这件事，翠莲和她弟弟表示了愧疚，但我一直闷闷不乐，因为我还是没有证明自己，直到高中毕业。

高中毕业那年，不知道什么原因，公社要把当年填掉的井恢复原状，于是又是一个生产队用了整整三天时间，才把泥巴挖出来。你外公是公办老师，但你外婆不是，代课老师而已，仍旧是农民，暑假一样要劳动。我当时已经是劳动力了，那天我去顶你外婆的工分。倒最后一粪箕淤泥的时候，一支黑色钢笔露出来。这支笔盖缺了一角的钢笔，就是烧成灰我都认得，它就是翠莲的英雄牌钢笔。扭开笔盖一看，果然是“英雄”。这一下，全想起来了，三年前那个暑假，我和翠莲最喜欢到井边玩耍、背诗，钢笔要么是从书本里掉进井里，要么是从口袋里滑出掉进井里。那天，翠莲也在出工，我拿着沾满黑泥的钢笔给她看，然后扭头走了。

我终于清白了。可是，第二天早上就传来了翠莲跳井身亡的消息。

翠莲自杀了。

我主动去井边为翠莲收尸，脑壳、手脚不全的部分，给她一点一点拼凑整齐，然后抬到木板上，装进棺材。

翠莲埋下没两天，我收到了大学录取通知书。我早早就去了长沙，再也不想回家。

几十年过去了，很多人还在说秦家翠莲自杀是一个谜。这里面真正的原因，只有我知道。她冤枉了最好的朋友，她良心上过不去，以死还债。可她这么一搞，我良心上也过不去啊。

……

母亲讲完已经满头大汗，既虚弱又意犹未尽的样子。她伸脚踢了踢倒在一边睡着了的小花猫。小花猫一动不动。母亲自言自语了一句：

装什么死，我才是死过的人。

第三天，五点不到，我就醒了。我屏住呼吸，贴在母亲房间的门框上，想听听母亲是否安睡。挺安静，我把头挤进去，看到母亲像小猫小狗一样蜷缩在床尾。我想应该是睡着了。

我又溜回自己的床上。摊开手脚，呈一个“大”字形。我努力放松自己，让自己再睡一会儿。自从母亲病了之后，奔波、照顾的担子基本上是我在挑起。我不挑，谁挑？两个儿子，只有我在身边。我从一线调回了机关，目的就是工作规律一点，时间宽裕一点，请假方便一点，而且之前负责的案子越来越大，越来越复杂，嫌疑人越来越不好对付，担子越来越重，我也有点烦了，当然也开始有点怕了。

可是我再也无法入睡。黎明之前静悄悄，一个巨大的声音在问我：为什么答应帮助母亲去死？久病床前无孝子？不忍母亲受折磨？

答案一会儿是 A，一会儿是 B，一会儿是 AB，一会儿啥都不是。

我烦躁不安。想想三年前母亲因为突然的一次剧烈腹痛，一个人跑到医院拍片，然后得知肚子里长的居然是被称为“癌中之王”的东西。母亲一个人把这个结果生吞活剥咽进肚里，不料父亲一个眼神就识破了母亲的隐瞒。得知实情后，高血压一冲天，父亲自己先呜呼了。守完父亲的“头七”，一个星期后，母亲终于被我说动，坐高铁到了深圳，投奔我来了。

我们一起住一段时间，喊你老婆不要嫌弃我哦。母亲把箱子往我女儿的房子里一扔，选择了高低床的下铺。

一开始，母亲坚持自己去医院，网上预约，排队，挂号，看病，数不清的检查，复查，吃药，做完腹腔神经丛毁损手术，之后寻找民间偏方。都是母亲自己做主，她只相信自己。

然而，这一切都无法阻止身体消瘦。

消瘦最可怕。因为你每天都可以感受到，体重一百零五，一百，九十五，九十，八十八，八十五，七十，六十五。

有天，妻女陪母亲散步去了，我回到家，看到母亲床上新增一堆药品，我颓丧万分。电视里正播着一档减肥节目，我捡起地上的篮球狠狠砸了过去。电视很硬，球弹回来，撞在我鼻子上，血流不止。

我转而迁怒于镜子和电子秤。洗手间里的镜子拆下来，扔掉。女儿梳妆台上的小镜子，扔掉。我和妻子卧室里衣柜的镜子拆不掉，但被我糊上了报纸。电子秤，扔掉。不能让母亲看到秤上递减的数字。

母亲一声咳嗽，把我从床上弹起。

我下床，推开母亲半掩的门，叫了一声。黑暗中，母亲说，刚才鬼鬼祟祟站在我门口干什么，怕我死啊？还有几天呢。

我没有说话，走出房间开始每天的第一件事，烧开水，咕噜咕噜。

提着开水进房的时候，看到母亲自己在小口抿着葡萄糖。

今天给我搞点青菜粥，有点想吃。

嗬嗬，这是半年多来听到的最让我开心的一句话。

我响亮地应着，飞身出门。楼下有一家连锁粤菜酒楼，他们的青菜粥熬得最正宗。我要了两份。

母亲吃得很用心，很尽力，热气在昏暗的房间里，显得特别白。把母亲乌青的脸都熏白了，熏嫩了，有了些许生气。

母亲说，她昨晚做了一个长长的梦：

我大专毕业后，留校任教。那个时候长沙跟现在比起来，也就是个大农村，土路、土房子。我们学校围墙下有条路，两边是高高的香樟树。我做的梦就发生在这条路上。

大清早，我抱着教本去学校。走在我前面的是一辆手扶拖拉机，突突突，开得很快。突然，前面一匹马撞了过来，撞在拖拉机头上，“乓”一声闷响，根本不像铁撞肉，像铁撞铁。马当场倒地。拖拉机呢，发现出了事，一扭方向，“啪”，机头撞到学校围墙，司机飞了出来，也撞到了墙上。

然后就看到很多人围了过去。有人说，这匹马踩到缰绳了，迈不开腿，所以自己给自己送了命；拖拉机司机呢，眼睛布满血丝，一看就是睡眠不足，疲劳驾驶。

我一个女崽家家，哪会看这些闲事，越过人群，拐进侧门，给学生上课去了。

到了教研室发现没带钥匙，我赶紧跑出侧门回宿舍。又路过那条小路。司机还躺在那里。马也还躺在那里。机头稀巴烂的拖拉机也歪在那里。都死了。

司机也没用什么白布盖着。我忍不住走近看了一眼。一看，不得了。这人我认识。何止认识！

他是我第一个喜欢的人。

他是另外一个学院的老师，也是教数学。我们在一个教学竞赛中认识。他家就在长沙，兄弟姐妹有六七个，他是老大，单凭他那一份工资不够，于是他经常给学校后勤干活儿，开拖拉机。学校能开拖拉机的人少，他能开。

我们互有好感，但那时候男女感情别说表白，连表露都不会、不行。他爱写诗，经常寄诗给我，都是一些隐晦的情诗。我总是说他的诗没有灵气。他不服气，疯狂地写，任何一个小灵感，他都会记下来，然后扩充成诗。

我那天在他的手心上看到两个圆珠笔字：小寒。那天正好是小寒节气。他一定是有了灵感。于是边开车边记下灵感，或者在脑海里构思着诗句。

我没法在路边痛哭。谁也不知道我们的关系。我就一直守在旁边，直到他的兄弟姐妹、族人赶来。

这帮人说说笑笑，先砍树。砍树做棺材。这个说这棵香樟长得直，那个说那棵块头大。然后就选中了一棵不大不小不高不矮的砍。一斧子一斧子地砍，树枝上的霜冻落下来，掉在他们的后颈窝里，于是一阵哇哇叫，然后互相取笑、打闹。没有人注意到一个死人就躺在旁边。他的死，连树上的霜冻都不如。霜冻至少会让人有反应。

……

梦做完了，就这些？我问。

记不得了，好像是完了。母亲皱着眉头想了想，说。

梦都是反的啦。你那个对象的故事，很多年前你跟我讲过，根本不是这样的。

我跟你讲过他？什么时候？那是哪样的？

有一年春节，老爸执行任务去了，你一边做糖油粑粑一边跟我和小毛讲的。你说你刚当老师的头一年，就被一个外校的男老师喜欢了。你说那个男老师喜欢写诗，有次走路居然差点撞到拖拉机。差点撞到，而已。而且，那个男老师还只喜欢你一个人，后面一直没有成家。

真的？你确定我讲过？

你是讲过。你还问我们，拖拉机那么大的声音，居然都听不到，这个人是不是疯子？你说，那年冬天，你得了贫血，身体弱。那个男老师三个月没有吃过一口细粮甚至很长时间吃不饱，省下定量供应的细粮给你吃，有时候还给你做糖油粑粑。天寒地冻的，他把糖油粑粑包在布里，兜在肚皮上，一路狂奔，送到你宿舍。

母亲看了我一眼，羞涩地笑了，说，我问他为什么对我这么好，你听他怎么回答的，他说，我喜欢你，我要对你好。

你为什么最后没有跟他？我问。

哎呀，他这个人啊，性子太急了。三天两头要我们快点结婚，理由是为了社会主义建设都是先结婚后恋爱。我哪里受得了这个？还有一个我不喜欢的细节，说出来，我自己都想笑。

什么细节？

他屁股后面春夏秋冬都挂着一大串钥匙！天哪，我最受不了这个，一点审美都没有，还当诗人！六十年代兴起跳交谊舞，我是长沙跳得最好的女老师。每次跟他跳舞，笨不说，屁股后面那串叮当作响的钥匙，让人一点兴趣都没有，我只想笑。我提示过他，他也改了，挂钥匙的位置从屁股后头改到了肚子前。这有区别吗？笑死我了！

他现在如何了？你们有联系吗？看到母亲兴致很高，我问着。

呀，差点漏了重点，他早去世了。喜欢我的人都到马克思那里报到了。

第四天，母亲从衣柜里抽出一张已经残破得不成样子的黑白照片，示意我搬凳子过来听她讲。

我执意还是要在客厅里、沙发前谈话，空间大，敞亮。我把母亲抱到客厅地毯上。母亲自己调整好姿势，跪着。照例，我在她斜对面坐着。

母亲把照片按在我膝盖上。这张照片我当然看过，拍摄于一九一三年，可以说是家里最古老的实物。左边是母亲的母亲，右边是母亲的奶奶。母亲是没见过她奶奶的，但她奶奶的故事听过。母亲的奶奶死于一九一五年，兵荒马乱时代，肚子饿，偷了地主家的半箩红薯，被发现了。心思败坏的地主婆，不吱声，故意放松警惕，让母亲的奶奶再一次偷窃得手。半路上，母亲的奶奶吃了半个红薯就肚子痛得满地打滚，手脚抽搐，等送到医院的时候，人已经没了。原来，地主婆在红薯上抹了毒。

母亲跟我谈的，不是复述民国往事。她说了一个惊人的东西。

她说，“文革”的时候，谁都不敢说这个东西，这东西说了，不单是迷信，而且要被打倒。改革开放了，我堂堂一个大学数学老师，讲这个东西，也不合适，不适合我的身份。但这个东西在咱们湖南乡下，流传很广，也未必就是“迷信”两个字可以归纳它。

母亲把我膝盖上的照片要回去，说：

我是我奶奶的转世。我两岁多开始说话的时候，一直不认你外婆，我说我不是你的女儿，我是你的妈。大家就笑我。有老人拿一个红薯逗我，我啪地打在地上，说，吃不得，地主婆害人的。两岁多发生的事，我自己肯定不记得，都是你外婆讲给我听的，很多老一辈还做过证。所以，我信了，我是我奶奶的转世。奶奶等了我这么久，我该跟她会面了。我都有点迫不及待了，我跟你说。

母亲望着我。我有些害怕。

我最着急的是如何联系到弟弟小毛。很小的时候，父亲就念叨“长兄为父”，当哥哥的要拿主意。因为他经常要出差、抓捕，有时候一去就是一个月，连母亲都不知道他去哪里。父亲经常是半夜回来，很小声地敲门，但母亲总能第一时间听到、开门。我怀疑母亲从来就没睡过好觉，她一定担心丈夫因公殉职。父亲很早就当上了刑警队长，但一直到退休都没提上公安局局长。父亲为此很多年郁郁寡欢，发泄的方式就是自己冲锋陷阵抓捕罪犯。似乎他一点也不怕死。可越是这样，母亲越担心。有一次母亲过生日，当时我刚刚从公安学校毕业，正等待落实工作，我第一次用学校发的毕业费为母亲买了蛋糕。父亲出差了。母亲还是很开心，我们母子三人喝了五六瓶啤酒。微醉的母亲说了一句：

你爸爸屁股后头插着枪，威风得很；我心头上插着刀，害怕得很。

母亲一直反对我读公安学校的，但我喜欢。绝对是受父亲那一身老虎皮的影响。

唯一值得安慰的是，弟弟跟了母亲，学了理工科，还早早出了国，见了世面。

…… 现在父亲不在了，长兄更加为父，可以做一切决定。但母亲想安乐离去一事，我还是想听听弟弟的意见，至少要让他知道。

小毛应该更理解母亲吧，他在西方受了那么多年的教育，硕士、博士、留美工作，都快十年了。小毛不会在非洲出事了吧？ 非洲的歹徒最喜欢抢劫华人。因为他们知道华人身上喜欢带现金。新闻不是说，在非洲淘金的华人，很多都被赶回国了，还发生了暴力冲突。

想到这些，我赶紧打开电脑，上网查查新闻。就在点开网页那一瞬间，我一拍脑门，怎么忘记了电子邮件这一茬，电话不通，可以发邮件啊。

我赶紧给小毛发邮件：妈妈有事，速联系！！！

我至今都不清楚，第五天开始，母亲身上的疼痛为什么突然火山一样爆发。镇痛药下去也没用。整个屋子里都是她的叫声。那是绝望到顶点的叫声。不是凄惨，是愤怒。如果父亲还活着，她会抢过父亲的手枪朝天上崩上一排子弹，甚至是把自己崩了。

是那碗青菜粥的原因？ 吃得过多，起了反作用？ 还是粥里的油星子惹怒了饥饿的癌细胞？我唯一能做的就是把门窗悄悄掩上，以免不知情的邻居以为家里发生了什么暴力事件。

小花猫也不知道跑到哪里去了，难道它听不下去躲起来了？

母亲的号叫一直持续到夜幕降临。家里每个房间、每个角落她都跪过。最后终于还是回到了客厅里。

我上网想在线咨询下一直有联系的肿瘤专家，镇痛药该加到多大的剂量。

咨询之前，我点开电子邮箱。一分钟前，小毛回复了！五个大字：我打你电话。

我去找电话，电话响了。我把声音调成振动，蹿出门外：喂，不要挂，小毛，我在电梯里！

我下到小区花园里，跟小毛讲了母亲渴望离开的想法。电话里，小毛呜呜哭起来。我可以想象，小毛在异国的白昼，站在大街上，人潮汹涌，悲伤的样子。他从小就是一个乖乖崽，白白净净，老老实实，永远都在心里做事，理性，内敛，不骄傲也不蛮横。

小毛说他马上直飞香港，回深圳。

我说，好。

我握着手机回到家。母亲问，小毛来信儿了？

我说，是，明后天就回来了。

母亲突然精神起来，换了个膝盖，换了个跪姿。

我递给母亲一点葡萄糖和水，然后坐在她一侧。母亲呛呛咳咳喝了一小口，开始说话：

你弟弟工作的那个什么州，对，加州，那年我和你爸去的时候，正好赶上一个印第安人文化节。各种文化活动，朗诵啊，舞蹈啊，音乐会啊，美食啊。你爸到哪里都怕人多，我们就到人最少的一个朗诵会上看表演。朗诵会也是很随意的，谁有节目谁上。有时候不等主持人报幕，观众就朗诵起来。节目到一半的时候，广播响起来，说一个参加朗诵的作家的腰包被偷了，希望小偷听到广播后，至少把作家的身份证、护照留下，否则人家连家都回不了。一轮朗诵结束后，广播又响起，说小偷把腰包还给作家了，完好无损。现场观众一阵欢呼。

欢呼完之后的一个节目，又是一个诗朗诵。朗诵者是个一头银发的老人。他先介绍这首诗的背景。大意是，有个印第安人，老伴去世后，他非常悲伤，想随她而去。老头子在整理遗物的时候，发现了老太太写的一首诗。这首诗让老头子有了活下来的勇气。朗诵的时候，舞台上的大屏幕居然有字幕，有英语、日语，还有中文。所以，我和你爸都听懂了。后来把中文版抄录了下来。

母亲告诉我，那首诗，放在她枕头下，可以拿出来读读。

我从枕头下翻出一个本子，翻了翻，一张纸片掉出来，果然是一首诗，题目叫《千风之歌》：

在我的墓前，请不要哭泣
我不在那里
我并没有长眠
我已化身为千缕微风
翱翔在无限宽广的天空里
秋天，我化作阳光照耀大地
清晨，我化成鸟儿唤醒你
夜晚，我化作星辰守护你

在我的墓前，请不要哭泣
我不在那里
我并没有死去
……

读完诗，我喂了母亲一些米汤。还算顺利。我装了一盆温水，想给母亲擦擦身子，母亲不允许。她要自己来。我守在门口，等到母亲叫我。然后我进去把温水倒干净，再回到母亲床边。

我说，我陪你睡吧。母亲很乖地移到靠墙的位置，我躺下。黑暗中，我抓着母亲的手。母亲慢慢翻过身来，贴着我的胸口。我抱住了她。准确地说，我抓住了她。她的身子，像根竹子。

母亲睡得很平静，偶尔把膝盖抬起来，使身子弓出一个弧度。我也假装睡得很好，身体姿势一动不动。

我的眼睛瞪着天花板上唯一算亮的东西，那是白色的吸顶灯。盯着一个东西看，看久了，自然就想合上眼皮。

早上醒来的时候，母亲正跪在我身边。疼痛再次袭来。

我把母亲抱到客厅的沙发下。

我开始烧水，咕噜咕噜，然后换水，然后关掉电饭煲的电源。小米粥已经熬了一个晚上，按开盖子，淡淡的米香味道升起。

母亲忍不住，开始喊叫。越来越大声。天崩地裂。地球爆炸。我撬开她嘴巴，喂进镇痛片。母亲的眼睛，干涸如见了底的河。

我回到自己的房间，在衣柜的角落里摸到藏好的安眠药片。一大瓶，摇一摇，闷闷地响。我真想让母亲马上远离痛苦。

可我得等小毛。他在天上飞。

我走出客厅，抱着母亲，让她坐我腿上，我摇着她。像摇孩子一样。母亲掐着我的手臂，呼喊。细汗密布。

不行，母亲必须要跪着。

今天第六天了，你不跟我谈谈了？我问。想以此分散母亲的注意力。

母亲显然做好了准备，喘息很久之后，慢慢开口说话：

我真的是没有什么后悔的。你看，奥运会那年，我南极都去过。那次去南极，前前后后差不多二十天，有一个场景印象深刻。当时已经登上南极大陆，蓝天，蓝得人晕头转向，白云，低得就像在头顶，雪山、冰山，像一个童话。旅游团把我们分批安排进一个小游艇，荡漾在港湾里。到了港湾中央，小游艇关掉马达，工作人员叫我们享受一下宁静世界。那真是万籁俱寂啊。水面像镜子，倒映着冰山，晶莹剔透，时间好像不存在了，世界静止了。

南极去得真值。那么安详，好美。

谢天谢地，小毛在第七天回到了家。

弟弟毕竟是弟弟，总是爱哭一些，抱着母亲，眼泪汩汩流出，落到母亲后背，衣服洇湿了一大团。

我站在阳台上，手扶着栏杆。我居然站着睡着了。弟弟的归来，让我肩上的压力轻了许多。我早已累瘫了。我顺势坐在地板上，呆呆望着天空移动的乌云。噢，大雨将至。这天有多久没下雨了？两个礼拜，一个月，还是两个月？人都快闷死了。

想着想着，我歪在地板上，睡着了。至少过了两三个小时，我才醒过来。因为下雨了。雨点把我打醒了。

小毛从母亲的房间里跑出来，关窗。就像小时候一样，一下雨，他就负责关窗，我负责检查。

我把小毛拉到门外，进了电梯，下到小区的活动区。因为下雨的缘故，活动区空无一人。我把母亲的想法已经准备这两天实施告诉了小毛。没等我说完，他暴跳如雷：

你敢！你这是杀人！你这是犯罪！

饱受西方教育的一个人，如此强烈的反应，是我万万没想到的。我拽住小毛的手，告诉他母亲这几天度过的一分一秒。

他不信。我让他原地不动。我跑回家，把安装在客厅电视机上方的一个微型摄像机取了下来。这个摄像机是我悄悄安装的，我想录下母亲临终前的一举一动一言一行。所以每次母亲谈话的时候，我都让母亲到客厅沙发上讲。

我把摄像机连上平板电脑，给小毛看母亲所有的讲述和后面两天的喊叫。小毛看得浑身打战。他说：

所有的故事都是为死做铺垫。第一个故事，讲那个外国人安乐死，好潇洒；第二个故事，被小时候玩伴冤枉，跳井，讲自己也死过一次；第三个故事，那个诗人追她，喜欢她的人都到马克思那里报到了；第四个故事，自己是奶奶的转世，要和奶奶会面了；第五个故事，加州旅行，《千风之歌》，我并没有死去，我化成了风；第六个故事，去南极，时间都静止了……

晚上，我们母子三人同床而眠。我坚持要给母亲擦洗身子。母亲坚决不从。我们只好立在门外等候叫唤。

好久之后，母亲一身单薄睡衣躺在床上。小毛把水倒出去。我把母亲换下来的衣服叠好。像小时候那样，母亲睡中间，我睡外头，小毛睡里头。我握着母亲的左手。小毛握着母亲的右手。我想他一定能感受到手里的骨头是如何的脆弱。

母亲开始了她的第七次讲述：

小毛，死有什么可怕的咧。死是活的奖赏咧。

小毛应道，嗯。

家里从此再无声音。母亲用尽她所有力气，不再喊叫。

七个故事，七六五四三二一，嘀……剧终。

三个月后，小毛又回了次国。到机场接他时，我电话里还讲他：你回来干吗，又不是清明节，何况我现在调了个单位，单位旁边五公里就是墓园，我心情烦躁了哪儿也不去，就去墓园，看看妈妈，我昨天还去过，墓碑两边的两棵小柏树长得溜直。

接到后，我闭嘴了。站在小毛身后的还有一人，甚至也可以说两人。给你一个惊喜，哦，不，两个惊喜，这是我的新婚妻子，中文名叫玫瑰，英文名 Rose，美国人，第二个惊喜是…… 小毛点了点他妻子 —— 长相、体貌简直是高大版的芭比娃娃 —— 的肚子，四周啦。

像个蹩脚的演员。少见小毛这样的表现，称得上喜形于色了。自然，我也开心。嘿，我弟结婚啦，小侄子或者小侄女也要生了，还混血呢。得把这个消息告诉母亲。我当即拉着小毛和玫瑰上了另一条高速，先到了墓园。

不是周末，但墓园热闹。正是农历十五，广东人尤其是潮汕人初一、十五都要祭拜，不奇怪。我提着香烛，小毛左手抱着菊花右手牵着玫瑰。墓碑前，我点香燃烛，弟弟两口子跪拜磕头。本想和弟弟在墓前坐一会儿，但他新婚妻子在旁，加上墓园人多喧闹以及烈日当空，便放弃了。我们直接回了家。

妻子也赶了回来。妻子和玫瑰热乎得很，谈起各国的旅行、美食不亦乐乎，谈起东西方生孩子的规矩、习俗也不亦乐乎。我们两兄弟倒感觉被晾一边了。我没话找话，跟小毛说，今晚你们睡妈妈那间房。然后我走进母亲的卧室，小毛也跟了进去。

母亲的房子保持着三个月前的样子。床头柜是一些没有吃完的药，白色、绿色、蓝色的盒子整整齐齐垒在一起。一个黑色保温杯立在一边。枕头下还压着一副老花镜和一个吊着笔的小本子。另一边的床头柜则是母亲看的书和指甲剪之类的小玩意儿。几次我想把母亲的这些遗留之物给清理掉，但每次一屁股坐在床上，又总是沉默很久，想很多事情。其中就包括，我帮助母亲安乐死是对是错。事情没想清楚，工作的、家庭的事又来了，于是离开，心里想着等下一次再收拾。

弟弟和我不一样，他一进来就收拾，边收拾边说，还留着干什么呀？我也赶紧行动起来，把书、指甲剪，还有飘窗上母亲的靠枕、小桌、茶具都收起来了。三个月来一直要做的事，在弟弟带领下，几分钟就弄好了。

弟弟走到床边，拉开几个月没动过的窗帘。哗，久违的光线射满整个房间。

床单、被套、枕头也换了！我突然说，对了，你大嫂刚在宜家买了一套新的，过了遍水还没用过，大红色，正好。

妻子和玫瑰出去了。我翻了好久，才找到那套床上用品。其实是妻子买给女儿的，我懒得解释了。铺起来，小毛帮忙着。铺好后，小毛仰面一躺，很舒服的样子。

我觉得我有义务问问小毛，单身那么多年，为什么这次三个月内结婚生子全搞定了。这也是替父母问问。于是问了。小毛坐起来，回答得很严肃：

妈妈生前讲的几个故事我回美国后又反复看了，那都是说给我们听的。怕什么呢，用老爸以前的话讲就是“怕条卵”，干什么事都要勇敢，我一下子就想通了。以前害怕有家庭、有子女，害怕被束缚、不自由，现在不怕了，怕，才不自由。和玫瑰恋爱这么多年，终于结婚啦，一结婚，我就要了孩子！哥你也是，干了刑警就不要怕！

小毛让我刮目相看。那挺好的，我含糊回答着，然后补充说，我啥时候怕了，我现在调重案组了，单独一个小楼，墓园旁边。

客厅里有动静，妻子和玫瑰回来了。我觉得问话已经结束，想去客厅，没想到小毛在我身后轻轻提了一句，哥，妈妈准备了那么久，为什么最后还是……

三个月前，七个故事讲完次日那个清早，我起来烧开水，咕噜咕噜，咕噜咕噜。然后提着开水，替换隔夜的开水。

小毛把母亲抱在沙发前。母亲跪着。压抑了一个晚上的叫喊，再次爆发。世界末日，也就这样吧。

我知道，这是最后的时刻了。我把灯打开。母亲看着我，眼睛有两样东西交替出现：命令和哀求。

是时候了。正好弟弟也在。

我进到自己的卧室，摸到衣柜里的那个瓶子。弟弟跟了进来，同时把门关上。他抓着我的手，眼泪打着转说：

你敢，我就报警。

我像制服罪犯那样，一拳挥过去。小毛倒在床上。没来得及喊叫，一团柔软的衣服塞进了他的嘴里，一副手铐把他的双手和窗户栏杆锁在了一起。栏杆上包裹着厚厚的棉布条，任怎么拉扯，也不会发出声响。

把弟弟铐起后，我出到客厅里。客厅里，只有我和我的七十七岁老母亲。还有小花猫。小花猫又出现在母亲脚下了。母亲看到我，露出了一丝笑容。

这一丝笑容，仿佛把过去所有的痛苦都抹掉了。这一丝笑容，似乎意味着一切从零开始。

我把母亲抱在沙发上，坐好。不能再跪着了。坐好。倒上凉开水。母亲努力地张开嘴，等待我的支持。

我把没有任何标签的胶瓶子，倒向母亲黑洞洞的嘴里。那声音，哗啦啦。让人想起一个歇后语的头半句：竹筒倒豆子。

母亲吞咽着，我再给些水。

药丸啊，水啊，你慢点，好吗？这是属于母亲，属于我们母子最后的时光。

我伸手想扶住母亲的肩膀，让她稳住。但我没抓着。母亲双手突然挥舞起来。她向我扑过来。她的喉咙发出的声音，就像洪水被堵在涵洞里了，横冲直撞。

她用手伸进喉咙里，整个手都吃进去了。她在挖吞进去的药片。她在摇头！

母亲一脚把小猫踢出老远。母亲不愿意！母亲不愿意死！

我赶紧打开小毛的手铐，一起把母亲送到医院。母亲已经昏迷过去。我心里明白，母亲是累过去了。

我并没有把全部的药片倒进她嘴里。我自己也犹豫了。

还好，妈妈走得很圆满。弟弟和我边走出房间边说。

是的，很圆满。

当天，母亲的胃洗了一遍后，我们就把她接回了家。

回了家，母亲精神大好。一家五口人，围在圆桌上，安安静静地吃着晚餐。莴笋炒腊肉、辣椒炒肉、辣椒炒鸡蛋，都是小时候的饭菜。

母亲看着我们吃，她就负责笑。看看孙女，试着叫出正确的名字。

吃完后，母亲第一次要求我和小毛帮她擦洗身子。洗好后，母亲翻开枕头，是一套叠得整整齐齐的淡蓝色睡衣。这让我想起母亲那次难忘的南极之旅，天蓝蓝，海蓝蓝，万籁俱寂，美如梦境。

衣服穿好后，一家人过来道晚安。

奶奶，晚安。

晚安。

妈妈，晚安。

晚安。

枪和一只公鸡

接下来的任务简单了：买枪，杀人。

先杀八哥。

八哥是谁？两年前，我的甲方，现在，老赖一个。

两年前，他发包了一个恐怖片给我，除开剧本，其他的全部我搞定，码人、拍摄、后期、交片。现在片子网上都播半年多了，可八十五万的费用一分钱都没结。我一请二问三催，几轮下来，耗去的是时间和耐性，收到的是放屁一样的空头承诺。

今早七点，第三次在他别墅门口堵到他。当时，他正翘着屁股蹲在门前的菜地边，拿个小铁铲翻弄着。穿的是一件宽大的、发皱的长袖白 T 恤。我站在他身后，第一次发现他的头顶早已“地中海”，鼓鼓的一坨白肉，在晨光下发着亮，像老家后山的某个坟包。他比我还小两岁，啥时候秃顶了？平时他梳着大背头还真没看出来。他感觉到了后面有人，腾地起身，看到是我，第一个动作是用手指快速扶起前额掉下来的头发，然后往后一抹，瞬间变出一个商务人士的形象。遗憾的是，可能是因为没上定型发胶，头发很快又掉下来，贴在额上。瞬间人变苍老了。何止十岁！这是我第一次看到他眼中闪过的慌张和尴尬。他这一弄，把我准备好的一串狠话给压下去了。

来了，走，屋里喝茶。

我沉默着跟进了屋。他拿起茶几上的一包茶叶，摇摇，说，我亲自到云南采的，百年古树。

开水揭开盖子，一大片热气在我们中间升腾。隔着白雾看对方，跟手机拍照开了滤镜似的，人变得温和许多。八哥说，手里有没有什么好的故事，这次咱们把万达、开心麻花拉进来，整个大的。

我给现编了一个故事：一开始就是两个人在谈事，两个人都西装革履，各自占着一张大皮沙发，半躺着，脚尖翘起老高，你一句我一句，轻松随意且看上去相谈甚欢。突然，一个人站起来，提提腰带，指了下楼上的斜对角。他要上厕所。进了厕所，把门带上，这个男的从西装左边的内口袋里摸出一把枪。一把短枪。他把短枪放在洗手台上，打开水龙头，捧起水，洗脸。镜子里，他抹平脸上的水珠，把右眼上一根滋出来的眉毛给用力一扯扯出来，放进盆里冲走。他右手拿枪，朝枪口吹了口气，然后顶到太阳穴的位置。第一次没顶好，顶到耳朵上面的位置。第二次才顶到太阳穴。他微微转动身子，再次从镜子里看看自己。慢慢地，他拿枪的手往下滑落，在胸前画出一条斜线。突然，手停住了。楼下的人听到了枪响。楼下的人冲上来，颤抖着手推开门，首先看到黑色西服里的白衬衫一片殷红，其次才看到一张洗干净了的白脸。要债的人，死在自己的别墅里，接下来是这个人怎么处理。

我说话的时候，八总身子前倾，脸上挂着浅浅的笑，并不时微微点头，鼓励我继续说下去。但我突然看到，他微笑和点头的时候，右手却在转着左手上的翡翠戒指。他压根儿没在听我说呀，不过是敷衍！发现这个细节后，我编不下去了，站起来，提提裤子，目光转向二楼的洗手间。

进了洗手间，把门带上。我打开水龙头，捧水洗了一把脸，却不小心把胸口弄湿了一小块，好在西装和里面T恤都是黑色的，不大看得出来，但凉意却是感受到了。我看看自己的眉毛，右边靠近眉心处，杵出一根发亮的长毛，我给手指沾上水，试图把它弄倒，但无效。我眼睛一闭，用力一拔，冲进盆里。我抬起头，在镜子里看着自己，一张死脸。要有枪，我他妈，我也想自杀，但自杀前，先崩了八哥！

我真是百无一用。我从二〇〇二年张艺谋拍《英雄》开始干影视，兢兢业业、做牛做马，好几个片子都火了，但硬是没赚到钱。为什么？因为我接手的都是别人层层发包的。三千万的盘子，落到我手里，多的三四百万，少的五十万。我找导演找摄影找演员找场地还有剪辑调光调色，抠抠搜搜下来，赚到的不过是公司十几个员工的基本工资。但我就爱这一行，爱这一行什么呢，电影吗，艺术吗，没那么崇高，我甚至都没看过几部经典影片，什么《教父》《辛德勒的名单》《沉默的羔羊》我都没看过，刚入行的时候，周星驰《大话西游》倒是看了很多遍，因为看起来很轻松，可以跳着看。对了，我可能就是因为“看起来很轻松”这个理由热爱这样行业。当然也可以说除了这个行业，其他的我也干不了。我不擅长主动出击。什么先期策划、找投资、谈分账，总感觉那是一个盛大骗局的开始。我愿意从别人手里接手一个活儿，然后尽心尽力去干。这两年，行业寒冬，一半以上的影视公司都关门了，我还硬扛着。很多人说我有病，除了找我接盘的人。我也觉得我有病，是该去看看医生。可是影视行业最大的特点就是忙：开机之前，通宵通宵的剧本会、筹备会；开机之后，早上六点出工，晚上十二点导演喊最后一次咔，那是极其正常的事。钱赚不到，却连看病的时间都没有，我存在的意义何在！现在好了，一早过来堵八哥——不但又是徒劳，他妈的居然还问我手里有没有好故事。我随口编了一个，他居然饶有耐心地敷衍着，表演他的真诚和友善，×！老子真的是要买把枪崩了他!

我出了洗手间。八哥站起来，手微微打开，看上去似乎要张开怀抱拥抱人或者欢迎入座的意思。我绕到沙发后背，弯腰拿起沙发上的手提包。我正要开口说话，八哥抢先说了，合同款，放心，放心，给我一点时间，没问题的，绝对真心。他说话的时候，手又在转戒指!

我没有接话，转而问了个我一直好奇的问题: 你这个“八”姓是真是假?

嘿，哥们儿，我跟你说，绝对真实。你看我证件。他掏出身份证，果然姓八, 八知全: 一说我们是汉化的羌人后裔，一说某朝一个姓朱的大官要被满门抄斩，为了保全香火，他把“朱”字拆成“牛”和“八”。怎么样，长知识了吧，没白来吧? 八总吊着三角眼问我，眉毛像在跳舞。他终于活了。

走出八哥的别墅，看看手机，八点刚过。时间太早，不是买枪的时候。再说，我饿了，先吃早餐。

开上停在路边树下的车。车驶进初秋的阳光里。阳光明晃晃的，刺得人眼睛疼。我边开车边百度地图周边的肯德基，发现最近的一家就在附近。鬼晓得那里有没有停车场，我又把车停回树下。

走上人行道，前方已经看到肯德基大大的招牌。饥饿让我的脚步加快。我追上前面一个老人。从后面看，老人穿着暗黑发红、有着光泽的衣服，立领。这种布料，我知道，叫香云纱，工艺、历史什么的我不记得，总之是蛮有文化的。我猜衣服前面可能还是盘扣，唐装的造型。

我的步伐，随着老人的步伐慢下来而慢下来。老人的步伐又是随着前面四个年轻女孩的突然并排行走而慢下来。是的，前面两个女孩的前面是两个女孩，不知道为什么，前面两个女孩前面的两个女孩突然转头和后面两个女孩说起话来，也不知道说了什么，总之很开心的样子。然后四个女孩并排走起来，占了整个道。四个女孩都穿着短裙白鞋，阳光透过树叶，落在她们的后腿上，有点波光粼粼的味道。这时只见香云纱老人一脚跨下人行道，绕过这排女孩，再回到人行道上。老人转身，立定，连声大喝: 你们太没道德了！ 走个路都要妨碍人，什么样子！ 日本人，三人以上都不会走一排，美国人，也不会！ 真没素质！ 要出了国，真的丢中国人的脸！

女孩们站住了。没料到的是，女孩们的队伍依旧站成一排。一个声音从队伍中间发出: 就你有素质！ 怎么着！ 我们就是喜欢排成一排走路！

这回看清楚了老人。他的香云纱还真是盘扣、唐装。胸口前应该是绣着龙或者凤，带金丝，一亮一亮的。老人似乎更来气了，从裤袋里摸出手机要拍照！

左边一个女孩冲了过去，差点一手打掉了老人的手机：我要告你，你偷拍！

老人抓紧手机，贴在腿上：我偷拍，我偷拍什么，我拍你们了吗，你们有什么好拍的，没素质没形象，我女儿比你们好看一百倍，我还偷拍你们！

那你把手机打开，看看有没有偷拍！另外三个女孩一起上阵，虽然没有动作，但口气里有要抢手机的意思。

这时候有人围观了。对面路边的协警也注意到了突然聚集的人群，他和执勤民警合骑一辆摩托车过来了。

看到警察来，围观的人散了。我继续往前走，不料却被老人叫住。老人说，你给我做个证，是不是她们挡路了我才教育她们的。

四个女孩立马闪过来。一个说，你也给我们做个证，是不是他偷拍我们。另外一个说，另外，他的态度是不是有问题，倚老卖老，为老不尊，一点小事叨叨叨，还上纲上线。

老人嚷起来了：我怎么为老不尊了！我堂堂一大学教授，说你们没素质，这都不能说了吗？我一会儿到会议中心参加国学论坛，我还要说，就说你们！

足有一米九高的民警把眼光投向我，你说说。

手机突突突振动起来。老婆的电话。一大早打电话，不是交代什么急事，就是要发一顿大火。

我有什么好说的！我被这莫名的“被证人”搞得有点发火。我说，你们把老人的手机打开看一下，是不是偷拍，不就一目了然了吗？他们争论的焦点在偷拍上。

民警的眼光再次投向我，威严得像刀片一样切下来，你是证人，让你说，你就说。

我只好把见闻口述一遍。协警飞快地在本子上记录着。我讲完，协警把本子交给民警。民警的话又从我的头顶下来，谢谢配合。签个字，走人。

我走了，老人和四个女孩还在对峙。我回头看了一眼，发现有个扎着冲天辫的女孩，很像我十五岁的女儿。我似乎能理解这四个女孩的生气，又似乎不能理解她们如此之刚性。我女儿也是一样。我似乎能理解，又似乎不能理解十五岁的她为什么如此讨厌我。初一第二学期，老师找到我，说你家女儿学习成绩全班倒数第三。当晚我想和女儿谈谈，女儿第一句话是你从来没有关心我，除了我成绩不好的时候，我也从未跟你说过心里话，因为想说的时候你都不在。那天晚上我蜷缩在沙发上，彻夜不眠，第一次感受到自己是一个失败者。第二天，我跟女儿说，爸爸给你转个学，到某某中学，那个学校学风更好，老师更因材施教。女儿轻轻地说，那太麻烦了，我们家没权没势的。我一屁股坐在沙发上，说，你先去上学。我在沙发上坐到天黑。三个月后，要期末考试了，我不甘心，一个项目没接，专门陪着她学习，一起去上补习班，头半个月，一切正常，我开车，她坐后排，车上我听广播，一些不懂的网络词语问她，她会耐心解释。半个月后，她要求自己单独行动。我微信问她怎么了，她回复说：我喜欢一个人，你还是别打扰我。我想回复她，但始终找不到合适的句子，微信对话框里写了又删删了又写，最后手机提示还有三十秒就要没电关机了，只好放弃。我抢在手机关机前，发出两个字：好的。

从此我不再努力。我无力改变，我认了。但每次想起女儿，我还是难过，心情瞬间低落。

老婆再次突突突打来电话。我走到树荫下，可我一接她那边却挂了。随后，微信发来她的信息，是一个视频。从视频封面看，我就知道是什么事。家里抽水马桶的事。家里抽水马桶，就是你用力按它，你能听到它呼啊呼啊费力地响，但没多少水出来，有半个月之久了。每次按它的时候，我觉得自己就是这个抽水马桶，甚至觉得修是修不好了，除非换个新的。可是换个新的，首先得拆掉旧的，可能还要打掉几块瓷砖，想想都麻烦，于是一直将就着。

我回复老婆：好的。

到了肯德基。门口一侧居然有人打着横幅，横幅上红地白字：你吃的是美国餐，丢的是中国脸。大字下面是一行小字：团结一心，打赢贸易战。两个胖子举着，很多人在围观。餐厅倒没有关门，正常营业，但顾客少得可怜，三两个，一律背着身子。

有病！我才不管那么多，我要吃早餐！我钻过横幅，走向玻璃门。

喂！一个声音在后脑勺响起。我知道肯定喊的是我，但我没管。没想到，我的衣角被人拉住了。我回头一看，是举横幅的胖子。

我看了一眼胖子，干什么！

胖子说，是中国人吗？

滚！

他妈的，又一个卖国贼！

一股热血猛地冲上脑门，我一拳挥了过去！

胖子啊的一声后退倒地，接着我被后面的一只大手勒住了脖子。是另外一个举旗的胖子。我无力挥动自己的拳头。倒地的胖子站起来，对着我的肚子就踹。

报警了，报警了，有人报警了！人群中有人喊。勒住我脖子的胖子在我耳边说，下午我还在这，要敢来，还打你！说完，他一推我，和同伴跑了。

我从地上爬起来，拍拍尘土，肚子剧痛。远远看到有警车过来，我闪进肯德基里，发现厕所旁边有个打开的后门，我走了出去。

我不想被警察问话，然后耗时间做笔录。我想尽快买枪，下午再回到这里，把打我的两个胖子也给崩了！

我在肯德基后门的一个便利店里买了一盒牛奶一个面包，还有一个茶鸡蛋。吃完后，我绕到远远的一个角落，看到肯德基门口已经空无一人。警察没有找到我这个当事人，走了。我从角落里站出来，走到马路对面，绕了个弯，取到了车。

坐上车，肚子剧痛有所缓解。我把车开回肯德基门口对面的路边，发现又有人打起了横幅。依旧是那两个胖子。两个弱智。

给老子等着！我把车开向火车站的方向。

新火车站迁离了市中心，现在的位置跟八哥的别墅是同一个区。很快就到了。我把车停好，直奔购票处旁边的公共厕所。

按我的经验，公共厕所里有枪支、迷药、假币，等等。当然指的是贴在蹲位隔板上的小广告。

事实证明我错了。火车站的卫生间搞得跟机场似的，光洁的四面瓷砖，干爽的地面，一个老人手持拖把守在门口，洗手台面有滴水，他马上过去擦干净。连着进了三个格子，里面没有一处乱写乱画，卷着的手纸刚刚露出半个巴掌大一截，干净整洁得令人失望。

我想到了网络。手机百度一下“买枪”，没有一条指望得上的信息，倒是跳出来各种买枪被抓、被骗的新闻：

上海一女子疑心病重想买枪“自卫”，网上遇“军火商”被骗

二十岁小伙迷恋“吃鸡”网游，买枪过瘾被判刑

微信上能买枪？济南刚抓了十三人！

看来这事有难度，不是想象的那样简单。我有点泄气，准备打道回府，叫人到家里修修抽水马桶。

老婆电话又来了。

八哥的钱追到没有？

他说快了。

快了是什么时候？

就这几天吧。

这几天是哪几天？

不知道！

请问，你除了不知道，还知道什么！

我没吭声。

电话里继续说：马桶找人修了没有？

还没有。

那你一个上午都干吗去了？

我没吭声。

你说啊，张小兵！

听到老婆直呼我的全名，我仿佛一下子从睡梦中醒来，我轻轻地说：我要杀人。

脑子有病！

我正要怒吼，老婆电话挂了。

我又开上车，去了附近一个小镇的汽车站。依旧直取公共厕所。

汽车站的厕所，虽不及火车站的那么光洁，但牛皮癣小广告依旧无处可寻。灰色的隔板上倒是有不少笔迹污渍，但看得出已经被人清理过，很难辨认出那曾经留下的是办证信息还是污言秽语。

我在最后一个格子里蹲下来，这次是真的要解个大手。我憋足了劲，终于一身轻松。就在准备起身时，我看到了两个小字：

木
仓

两个上下叠着的字，用铅笔写的，淡淡的，半个指甲盖大小，就写在眼前木门的底部。“仓”字下是一串手机号码。

这不正是我要的东西吗？

我拍下那个手机号码，走出车站，进到自己的车里。

事到临头，我还是有点忐忑。我举起手机又放下，如此反复三次，我不知道这个电话打完之后，会不会是一场骗局，或者交易过程有多复杂。第四次，我按出了拨号键。

要买枪？

没等我说“喂”，对方说话了。

我刚写上去，你就打来了，神了！

是什么枪，怎么交易，多少钱？

你在哪？

汽车站地下停车场。

正好，我还没走，先见个面，我来找你。我穿一件黄色T恤，我这就过来，五分钟。

这人让我紧张。卖枪跟卖菜似的。我迅速把微信、支付宝里的几万块钱转到了我的银行账户里，然后把插着各种银行卡的包丢到了汽车后备厢下面装备用轮胎的那一层。身上现金一千多块，如果发生意外，要就给他。我甚至后悔告诉他我在停车场里，不应该让他知道我还有车。

我站到停车场收费处。果然，一个穿着明黄色长袖T恤的男子出现了，他单肩挂着一个小包。裤子是绿色的、很多口袋的休闲裤。一双黑色皮鞋。黄色T恤上写着“为爱奔跑”四个美术字。应该是跟马拉松有关的一件文化衫。我一时分辨不出他的身份。农民工？都市上班一族？还是职业杀手？

我举手示意他。他看了我一下，走了过来。

你不是有车子吗，到车里说。

就在这里说。

这里怎么说。那你到我车里说。

他拍遍了裤子的口袋，最后掏出一把钥匙，对着众多车辆一按，滴的一声响起。

一辆老式捷达车，我想记下他的车牌号，可惜没那个记忆力了。

上了他的车，坐在副驾驶。

我还担心人家看不懂我写的“木”“仓”呢！

我没有说话，看着他腿上的包。

你买枪做什么？杀人啊？

我还是没有说话，一时也不知道说什么好。

杀人，我就不卖。

为什么？我这才找到了说话的气口。

杀人偿命，这么简单的道理，不知道吗！再说，我也不是专门卖枪的。

那你这个枪哪里来的?

买的啊!

买来干吗?

吓人。

我感觉自己没听清楚他说的。问了一句，什么?

吓——人。不是杀——人。听清楚没有?

吓人？不懂。

唉，一般人都不会懂，这需要点智商。他摆摆手，从仪表盘位置拿出一包烟，弹出一根，伸到我面前，我摇头，他自己叼上，点燃，猛力吸了一大口，慢慢吐出来。瞬间，烟雾包围他的一头卷发，感觉他正顶着一窝即将燃烧的茅草。似乎他正沉浸在某种得意之中。

我盯着他看了片刻，示意他我们的谈话是否还要继续，不行我就下车了。他领会了我的意思。他说话了。

杀人的事咱肯定不干。我的枪怎么来的呢？肯定是买来的。我为什么要买枪呢？因为有人找我替他杀人，就是十天前的事。我呢，急着要钱，就接了这活。我×他妈，我接了这活儿、买了枪之后，我的上家——对对对，按合同的说法是，我的甲方，是啊，我们还签了杀人合同——我的上家啊，他还找我要回扣，抽成百分之二十。我不干，结果他说漏嘴了，说他的上家也跟他抽了成，所以他也要给我抽成。这杀人，还层层转包啊。我问，我是第几包了？我的上家说，估计第四第五包。我说你拿到的价格是多少？他说，二十万。他二十万包给我十万，还抽成。推算一下，第一包拿到的价格怎么也要超过一百万。这太坑人。但没办法，我确实需要一笔急钱。但我不傻，不能就这么当了冤大头。我找到我要杀的那个富婆，我就直接说有人雇我杀你，但我不想杀你，同时我要给我的上家有个交代。富婆真的是吓尿了裤子，哦，不是裤子，是裙子，最后感激得要给我跪下。富婆说，我知道是谁要杀我了，但我和他的关系太复杂，我们的身份也太敏感，我也没法报警。这时候我说了一句电影里经常说的话，为了自由，远走高飞吧，去一个谁也不认识的地方。富婆当即收拾行李，并要从银行卡里给我转十万元，作为不杀之恩的答谢。我没要。我担心她有了我的账号会不会抓住我的把柄。我说你赶紧配合我吧，搞些红墨水来，做个你被杀了的假现场。富婆最后找来一罐果酱，问我行不行。我说可以。她往自己的脖子上抹上调稀了的果酱，躺在地上，叫我在地上也扔些果酱。我没有耐心，随意抹了些在地上，她居然爬起来看，还打开电脑搜了一些他杀的案发现场图片，然后对照说不够逼真，果酱太稀了，于是又开了一罐，用勺子挖出几勺，加重了红色的深度。她躺下，我拉开两三米远，拍了照。我故意没有开灯，光线搞得很暗，黑暗中，她真的像被人杀死了。她起来后，我要确认她会远走高飞，我问她你要去哪里？她说不知道。我推荐她去我家乡，小城市，民风淳朴，美食也多。没想到，她真的订了当天去我们家乡的火车票。看着她打车远走，我把照片发给了我的上家。上家转完账，我马上删除他的微信，手机卡也扔了，交易完成。

他一边说的时候，我一边联想到我近些年做过多少层层转包的影视项目。我甚至比他更惨。

说吧，你是什么情况，刚才我说的，对你有没有启发？

我是要催债，我说。之前说要先崩了那两个举横幅抵制美国货的胖子，我发现是气头上。谁跟谁呢，犯得着吗？但我确实对八哥欠债不还感到恼火和忍无可忍。两年来，他真的耗尽了我的耐性。

傻呀，杀了人，你的债还要得回来吗？你就学我，用枪吓死他。

万一，他不吃这套呢？女人容易吓，男人不一定。

吓了再说，总之不能真杀人。杀人都是冲动。我当时接活儿，也是冲动，后来幸好发现是层层转包，才理智下来。

我看看你的枪。什么枪？真枪还是假枪？多少钱？我这才发现，我们刚刚进入正题。

五四手枪。真枪假枪你别管，总之能打得死人。多少钱？我不卖，我租给你。半天时间你得还回来。不然你杀了人，你供出我，我卖给你的枪，我也得坐牢。

怎么租？

一块钱，还得签个租用合同，你得保证还枪，保证不杀人，我是甲方，你是乙方。还得有附加条件。

一块钱！啥附加条件？

他没回答，抽了第二根烟。他的卷发再次硝烟四起。烟抽完后，他弹了下挂在后视镜下的一个挂件。挂件旋转着。我看清了，是一个小钥匙扣。钥匙扣里是一张孩子照片。

我女儿，小时候的照片，现在十五了，精神出了问题，在宁康医院里治疗。上周第二个疗程。我说要钱急，说的就是她。你这样，你帮我去看看她。这就是附加条件。我会给她的护士——也是我的堂妹，打个电话，这几天都允许探视。你一会儿就去。我送你去。看看她，能拍照就拍个照，能录个视频就录个视频，个把小时后你就下来，我把枪给你，你去催债。

你为什么不自己去？

我不去，看到她，我难受。

他撇过头去，一会儿又转过来，再次用手指弹着小钥匙扣。小钥匙扣和里面的小女孩，在灰暗的车厢里，一闪一闪地打着旋。我心里明白，这个交易我是要做的。一、我需要枪催债，甭管是杀人还是吓人；二、我从来没去过精神病院，正好去看看，顺带看看我自己是否也是精神病；三、这个男人让我心生同情，虽然我也需要同情。

没问题，我替你去。你女儿跟我女儿同岁呢。我说。

是吗！ 你哪年的？ 我七四年，属虎的。

咱们同年啊。孩子都是〇三年生的，那年“非典”啊。

是啊，我们家是正正“非典”高峰期，生下来就隔离。

三月还是四月？

三月。

怎么称呼你？ 我叫张小兵。

杨小将。

小兵，小将。小兵小将啊。

对，小兵小将。

我们没有继续往前聊。我说，那行，我也开了车，出发吧，去医院。

好。医院也在这附近，开车不过五分钟。

来不及细细琢磨这一路发生的事，精神病院到了。拿着小将写的字条，上到三楼，找到正在忙碌的杨护士。杨护士说，正在睡觉呢。

杨护士带我到了一个病房，示意我就是这。

我推开房门，映入眼帘的是一张小脸，埋在一堆布娃娃中间。然后才看到她穿着病号服，一只手还拽着一只布娃娃的一角。铁架床、白床单、白墙，跟普通医院、病房没有啥区别。那张小脸真像我的女儿。睫毛也是长长的，像把刷子。只是我的女儿似乎从来没有这么安静过，她似乎也不是那么喜欢布娃娃。她的房间贴着国外摇滚乐队的照片，各种奇装异服，还有一些 NBA 明星大力扣篮的海报，暴力十足。

我没有忘记小将的要求，拍了些照片，录了些视频。因为孩子是睡着的状态，这项工作很快就完成了。

我不知道是否需要等待她醒来。这时候，杨护士进来了。杨护士一进来，女孩就醒了，似乎约定好了似的。我猜是杨护士事前给女孩吃了药或者打了针，杨护士掐准了药效何时散尽女孩何时会醒。

子芸，爸爸朋友看你来了。杨护士说。

我弯弯腰，用力点了下头。

女孩慢慢、慢慢转头。真的很慢，像电影里的慢动作。慢慢地，慢慢地，转头，抬头，睫毛先动，打开眼睛，看着我。

我这下确定了这女孩精神绝对有问题！

天啊，世上还有这么空洞的眼神！ 女孩的眼睛像被挖掉了一样，毫无神采、毫无光泽！

令人毛骨悚然，也令人悲伤。

女孩看完我，又慢慢、慢慢挪走了眼神。杨护士在一旁翻看一本类似护理记录的东西，笔尖在上面写写画画，估计接下来她要工作了。我耐着性子待了一会儿，看到杨护士抬头，我欠欠身，挥挥手，退出了病房。杨护士非常友好地送我出门。门口边，我忍不住问了，什么原因导致的啊，能治好吗？

杨护士的回答很简单，情感挫伤，正在恢复中。

杨护士还带我看了看几个病房。病房有单人间，有二人间，也有三人间、四人间。病人如果不是穿着病号服，是真的看不出他们是病人，是精神病人。只见他们或安静躺着，或和家人闲聊着。他们的闲聊也是安静的，生怕会打扰到他人，很有礼貌的样子。只听到一个说话大声的人，在一个四人病房。那个病房门敞开着，大声说话的人倚靠在门框上，是个四十多岁的女人。与其说她大声说话，不如说是在发表演说：

这个时代，男人注定是靠不住的。这个“靠不住”不是道德意义上的“靠不住”，别理解错了。什么意思？社会从冷兵器时代，一步一步经历热兵器、蒸汽机、互联网时代，社会结构和男女关系已经发生巨大改变，分工越来越细，男人和女人的社会差异越来越模糊，男人越来越难靠住。未来智能机器人时代，人人都是“无用阶层”。每个女人应该要有这个认知。男人靠不住，怎么办？靠天靠地不如靠自己，你独立强大、自信满满，地球和男人都跟你转。

对了，她一边说，还一边啃着苹果，咔咔咔、咔咔咔。说完，苹果剩下一个小小的核，被她拎在指头间。

她这么正常，也会进来？我对杨护士说。

杨护士说，你不觉得她有点太正常了吗？

我一下子没听太懂。

正要走，突然听到病房里有人问发表演讲的女人：大姐，你这么知书达理、能说会道，怎么晚上不仅逃避打针吃药，还追着打护士，凳子都被你摔烂好几张呢？女人高声回答说，谁叫他们拿绳子绑我！我当然要打他们！那么粗的绳子！杀了他们，我都敢！

房间里的人笑起来。

生活中，你会愤怒吧，但你会追着杀人吗？杨护士问我。

我没有回答，下了楼梯。杨护士的问题不好回答。男儿有泪不轻弹，只是未到伤心处。逼得没办法了，会想杀人的。比如八哥，欠债不还、天天给我打马虎眼的八哥！

走到一楼，手机突突突响了，我猜肯定又是老婆。她在一家国企上班，做会计。做会计的人心思缜密，且步步为营，生活过得跟数字一样精确。她一定是问我，几个小时过去了，你马桶修好没。

一看号码，不是老婆，是老妈！七十岁的老妈！赶紧“喂”。

电话里，母亲怨气冲天，还带着一丝哭腔。说的是公鸡的事。

半个月前，父亲去世。我终于把母亲说服，把她从三百公里远的家乡小镇带到了城市，和我一起生活。一起进城的，还有一只雪白大公鸡。这也是母亲提出的唯一要求。母亲说，父亲得病那年，家乡突发鸡瘟，家里饲养的鸡鸭鹅一夜死光，除了这只通体雪白的公鸡。父亲尚能下地走动的时候，是这只公鸡围着他，喔喔喔地叫着，让父亲多了一个玩伴。母亲说，父亲还查了书，说这只公鸡毛白冠红脚蓝，跟法国国旗一样，是法国的国鸡。母亲觉得这只法国国鸡是吉祥之物，保佑了父亲，也会保佑她，她不能把它丢在空无一人的家里。

那天正是周六，漂亮的大公鸡住进我的小区我的家，放养在阳台上。晚上玻璃门拉起，阳台就是它宽敞的窝。女儿倒是很开心，第一次向母亲问了些我小时候的事。第二天早上，女儿还起了个大早。天光未亮，她坐在客厅里等待公鸡打鸣，很快乐的样子。公鸡准时啼叫，女儿录成视频，兴奋地转发给她的朋友们。

只是，当天上午，九点一到，小区物业就接到了业主的投诉电话，说公鸡扰民。小区物业派人调查，女儿为了藏匿公鸡差点和物业发生争执。母亲坐在沙发上，喃喃自语，公鸡打鸣，天底下最正常的事，怎么就扰民了！最后，老婆出面说，给我们一个改正的机会，如果公鸡明天继续打鸣且扰民，我们再处置。物业有了台阶下，走了。

女儿问老婆，妈，你有什么招？

老婆实话实说，我不这么说，物业永远没完没了。珍惜你和大公鸡相处的时光吧。

女儿这才懂了，赶紧各种拍照，还发了抖音，并呼唤几个要好的同学赶紧到家里溜鸡，折腾了一天。

骄傲的大公鸡还是准点打鸣了。没用物业再次催逼，我们把它送到了宠物中心。还是郊区的一家宠物中心。市区的，不收。理由一样是会扰民，因为店铺用的楼是商住两用的，楼上住着人家。还有一家宠物中心拒收理由更奇葩，说公鸡打鸣会吵到其他宠物。

母亲无奈。郊区就郊区吧，反正有地铁，也不是太远。于是，每天，母亲穿行城市的地下，去看她的宠物。这样母亲也算有点事做，不至于一天到晚干坐家中。算是祸福转化。

谁知，这样的好日子也要终结了。母亲说，下午的时候，宠物中心来了一只小狗。狗主人和小狗看到公鸡都很好奇，小狗还凑近了汪汪直叫。哪晓得，大公鸡探出头来，一嘴把小狗的背脊啄了个洞！那可是名贵的宠物狗！宠物中心不仅失去一个客户，还赔了大钱。宠物中心当即打母亲电话，说不再收留公鸡，请立即取回。

母亲此刻正在地铁里，赶往宠物中心。

母亲说，大公鸡肯定是在宠物中心里憋得难受。

我说，肯定是。

母亲说，我得带上公鸡回老家。城里待不住，回老家还不行吗？不可能活活憋死。

我说，好，咱们在宠物中心会合，拉上你，直接上高速，回老家，三百公里，四个小时。我在家住一晚，明天再返回来。新的项目要开工了。

最佳聊友

父亲被抓过很多次。

很多年后，我都能背下徐警官的手机号码，尾数是三四七八。那几年，徐警官至少打过我十次电话。电话一来，我就知道父亲又被抓了。我还记得第一次的情形。我在电话里脱口而出，你们是不是认错人了。我心想，好歹父亲也是个知识分子。他是高工，高级工程师。徐警官说你父亲是不是叫孔有知，今年七十岁，还念出身份证号码和地址。我赶紧跑去派出所，隔着窗户就看到了坐在长条椅子上的父亲。那是十月，深圳依旧炎热，父亲穿一件暗红色T恤，正盯着墙上看。后来知道那是《辖区平面示意图》。当时父亲一定在小声默念地图上的每一条街道每一栋楼房。这是他的习惯，喜欢默念。办公室里的徐警官应该是等得有点久，不耐烦了，刷刷撕下一个表格，让我签名。那是《不执行行政拘留处罚书》。要处罚，但不用执行。理由是父亲已满七十岁，法律规定不能再拘留。我故意把签名签得很潦草，简直就是画了画。

徐警官不但没说什么，还先我们出了办公室。他一定有急事外出。不过他很快又给我打了个电话，让老人家别搞这些了，万一被别人敲诈了怎么办，万一一激动血压升高弄出人命怎么办。我在电话里“是的、是的”应着。这也是我想对父亲说的话。穿过熙熙攘攘的大厅，我和父亲一前一后出了派出所，上了我的车。小区其实就在派出所附近，我故意兜了很大的圈子。我不知道该怎么跟父亲说。最后父亲要下车的时候，我说，万一被别人敲诈了怎么办，现在的人做事都不计后果的。

一周后，徐警官又打我电话。又是你父亲哦，徐警官说。我说，是不是有人设陷阱。我没好意思说我父亲好歹是知识分子。徐警官说，不是陷阱。我又赶紧从公司赶到派出所，依旧是隔着窗户就看到正在读墙的红衣父亲。他对着另外一面墙读，后来知道那是《人民警察职业道德规范》。我点头进去，默默签了名，心中充满了愧疚。耽误徐警官工作了，我说。这次徐警官不着急外出的样子，正在一笔一画填着一个表格。我不好意思先走，心想他肯定有什么话要交代。没想到他一句话都没说，完全只顾着自己低头填表。我悄悄打着手势，示意父亲赶紧走。快走出门口的时候，我听到徐警官长长的一声叹气：唉。这让我怒火中烧。上了车，打着火，两手紧紧握着方向盘，我说，找人下下棋、打打牌不行吗，非要搞这个。

父亲永远都是扭头看窗外，不理人。

第三次间隔时间是一周还是两周，不记得了，总之不会太久。我磨蹭了很久才到派出所。墙上的文字应该是被父亲读完了，只见他正坐在长椅上低头拿着一张彩页在读。后来知道那是《常见户籍业务便民手册》。徐警官站在门口问我怎么才来。我扯过《不执行行政拘留处罚书》画了几笔，心里来了气：你们就不能一口气端掉那些卖……那些场所吗！到嘴边的“淫”字，被我吞掉了。徐警官人擦着我的肩，走开了。我和父亲上了车，我再次兜了很大圈子，停车之前幽幽说了句：这么大年纪了，不知道注意身体的啊，出了危险怎么办？

这些话都不能阻止父亲的继续和被抓。

《不执行行政拘留处罚书》越签越多，我几乎成了派出所的常客。我不知道徐警官是否打烦了我的电话，反正我是接烦了他的电话。碰到开重要会议的时候，我甚至直接挂掉他的电话。他说话也越来越不客气：你老爸啊，我真是服了，哪个犄角旮旯都钻得到。

我问，你们怎么知道消息的呢？

徐警官说，有时候是居民举报，有时候是同行举报。

同行举报？谁的同行？

卖淫女的同行。你老爸专找年纪大的，四五十岁的，而且出手大方，别人是二百，你老爸四百，年轻同行就羡慕嫉妒恨了。

妻子终于知道了父亲的事情。她应该是不止一次在我的车上、公文包里，甚至是枕头下看过《不执行行政拘留处罚书》。妻子是中学老师，常年担任班主任，职业习惯，处事永远显得很冷静的样子。一个晚上，卧室里，她敷上面膜，伸着脚踢了我一下：老爸是在报复我们。

报复什么呢？

报复我们不允许他再婚。

七十的人了，换了别的子女也不会同意吧，广州那套房子大几百万，还有至少几十万的存款，再找个人结婚，不明摆着分遗产吗？再说了，现在社会复杂，谁能保证那个女人是心地纯正善良的。他搬来深圳和我们住一起，关系都很融洽，就这点……唉！

可能我们都不了解他。妻子接着说。

怎么不了解！我自己的父亲我还不了解？说完这句话，我有点心虚起来。

父亲是工农兵大学生，一九七〇年秋天第一批，进的是北大。那年他二十岁。班里他是最小的，但入学学历最高，高中学历，大部分人都是初中学历，有的还是小学学历，听不懂课，记不了笔记，只好平时积极帮大家打开水打饭疏通关系，考试的时候好抄同学的试卷。但是大家毕业后，到各个地方当官的都是这些学历低的、没文化的，学历高、成绩好的都当了技术工人。父亲的数理化班里最好，最后成了石油勘探工程师。毕业典礼结束，家都没回，父亲就被接上了船，在茫茫海面上一待就是三年。都是男的，寂寞无聊，连拍死只蚊子都要讨论是公的还是母的。别人都渴望轮船靠岸登陆，唯有父亲对大海兴趣盎然。他是个学习狂，对知识充满热情。区域概查、综合性地球物理普查、地震大剖面测量……我自打记事起就不停地听他叨叨这些无比枯燥的词。他的工作经历，只有一件事让我觉得好玩，就是有一天终于船靠岸了，可以登陆了，大家兴冲冲背起行李上岸，可是等甲板放下，很多人又退缩了。他们看到岸边熙熙攘攘看热闹的人群，顿时无比恐惧，心脏受到了压迫，他们不知道到了陆地上该怎么坐车、买东西和称呼人。很多人为此取消了探亲休假，继续漫长的航行。在海上，在船舱里，在单调和寂寞里，他们恢复了自由。父亲呢，则是第一个冲上甲板、跳上岸的人。那次停留的地方是广州，是父亲向往的大城市。更具体说，是因为父亲听说广州不仅可以买到收音机，还可以买到福建人研究出来的家用电风扇。父亲找了他的工农兵大学生同学，争取到了购买指标，然后拿出全部工资换到了这两个时髦玩意。父亲买回来不是享受，而是测试他的无线电知识。

他在船上捡到了十几期破旧的《无线电》杂志，别人擦屁股都不要，他却一个字一个字给读完了，还做了满满的读书笔记。他的笔记，作为唯一的遗物，我保留了。翻开，第一页写着“《微波集成电路化 L 波段敌我识别机》知识摘抄”。

父亲轻松拆装收音机、电风扇的事情，第二天就被他的工农兵同学知道了。这消息瞬间炸了。因为他这个同学刚买的一台收音机，质量有瑕疵，不比不知道，比了发现自己的“心肝宝贝”扭开波段时总是有微微杂音。这杂音不知道还好，知道了就觉得耳朵里全是杂音，让人心烦意乱。同学立即请父亲帮忙看看，看看能否消灭那可恶的杂音。父亲拧开背面的壳子，这里按按，那里扭扭，好了，声音清晰明亮，如子夜响起的钟声。这可不得了，同学的同学正好也要买收音机，于是就请父亲出马去挑个精品。也就是在挑精品的时候，父亲认识了母亲。

母亲当时是百货商店一门市部的售货员。听诊器、方向盘，人事干部、售货员，是那个年代最令人羡慕的职业。商店里，父亲一连串娴熟的调试动作，吸引了正在给人抓糖的母亲。母亲绕到父亲面前，隔着玻璃柜台问，你会诊断半导体？父亲说嗯。母亲大惊失色差点落泪——这是父亲用过的词。接着母亲恳求父亲等她下班，因为她的收音机不响了。父亲又嗯了一声。母亲颤抖着说太好了太好了，声音像关门瞬间夹出来的，高而尖。很多售货员都听到了，都以为父亲和母亲是熟人，甚至是恋爱对象。母亲回到了她的岗位，继续抓糖。父亲则没有离开商店，他隔着玻璃一节柜台一节柜台看过去，所有有点技术含量的东西都被他研究了个遍，电池、灯泡、手电筒、缝纫机、自行车、机械表。售货员都把父亲当熟人看，也不阻拦。跟个大人物似的，在商店里东看西看看了整整半天 —— 这是母亲形容父亲的印象记。

后来父亲去到母亲宿舍楼下，等母亲取来她不响了的收音机。父亲照例是打开背壳，三下两下就弄响了。在那个年代，这是何等的功臣！两人顺理成章地去吃了东西，逛了街道。很快，父亲跟着母亲见了住在广州郊区的外公外婆。门当户对，又红又专，两位老人认可了父亲。接着父亲携母亲回到湖南，一张结婚证盖下了红戳戳。三个月的探亲假结束，已经怀上了我的母亲送父亲从珠江口登船。常年不见面的夫妻生活从此拉开序幕。

我是五岁才知道父亲长啥样的。因为那年他回家了，我有记忆。五岁，我上小学一年级了。我还在本子上画过他，就是一团黑。我没见过这么黑的人，从脚到手到嘴唇到额头都黑得发亮，我以为是非洲人进了家。父亲不管我的惊讶，一手拐起我就往床上抱，然后掀起一块白纱布，大叫：凯歌电视机，看好了。接着父亲啪啪按下开关，镶嵌在木壳子里的银白色荧幕亮了，有人影，有声音，有歌曲。父亲瞬间又啪地一按，人影没了。父亲说，晚上再看节目。

也是从那个时候，父亲开始跟我灌输他的人生观：现代社会必须懂技术，而且你要学得比别人快。电视看到一半，他就会考我，我们这是几英寸电视机，荧屏下面那个红色的键是什么意思，另外两个白色的键又分别代表什么，音量扭到多少刻度最合适。我回答不出或者错误，他就会很失望，扭头不看电视。似乎这电视机他搬回来就是为了考我。

后来父亲回家的频率大约半年一次。每次回来，他永远都是一句话、一个动作："快过来"，然后单手拐起我把我放床上，展示他新带回来的高科技，收录机、单缸洗衣机、彩色电视机、小霸王游戏机。等他单手拐不动我了，家里出现了 VCD。我后面就不喜欢他这些展示了，因为每次展示都是一次速记和考试。我不喜欢记那些按键、数字和功用。我爱上了写诗和画画。课外书喜欢看历史、哲学。高二文理分科的时候，我选了文科。那个夏天，父亲不用出海劳作，肤色已经恢复正常，但他的脸色却比我记忆中的那个"非洲人"更黑。高考结束，得知我考取的是中文系，他说了一句话：花花架子要，但知识、技术更得要，学好数理化，走遍天下都不怕。

我们的隔阂从此拉开。二〇〇〇年，我研究生毕业落户深圳，半年后自己开公司，五十岁的他则被国家重用，派到更远更复杂的海域勘探石油。我们都有了手机，但却从未拨打过对方的电话号码。偶尔看报纸科技版，知道他们的团队又攻破了新的科技难题，突破了什么什么世界纪录。我有时会想，每当父亲接受记者采访，分享他们的光荣与梦想时，可能也会闪过一丝遗憾，那就是他的儿子对他这些东西一点也不感冒。

知识的掌握、运用和突破，给父亲带来持久的高光时刻，直到他六十五岁真正退休。按照规定，父亲六十岁就退休了，离开他的大船、他的大海、他的石油。回到广州的家里没三个月，也是刚退休下来的母亲查出鼻咽癌晚期，这是广东人最容易得的癌症。三轮化疗做下来，癌细胞是被杀死了不少，但健康细胞也基本耗尽，回到家没几天，母亲就走了。我们一起安顿好母亲后事。母亲喜欢养鱼，家里两面墙都镶嵌着半米高的鱼缸，各种鱼壁上游弋。父亲说这下好了，我又回到大海了，与鱼为伴，与水为伴，与孤独为伴。那时候妻子刚怀上球球，我说要不你去深圳和我住。父亲说，这几年不去，我还要发光发热。

父亲找了一个民营的石油化工公司，当技术顾问。后面几年，有了微信，偶尔看父亲转发的朋友圈，发现他转发的新闻依旧是他退休前的老东家的一些辉煌战绩，除此之外就是一些很专业的报告或者论文。他现在服务的公司，没有一条新闻，估计行业地位一般。偶尔看到父亲发一些自己的照片，蓝色衬衫、绿色工牌，人是很精神，但显然也是老了许多。

我自己当了父亲后，开始对父亲多一些理解，问候、来往也多了起来。不是我带着球球从深圳去广州，就是他从广州来深圳看球球。他无比喜欢球球，每次都会准备无数玩具，并教他怎么玩。这让我想起小时候，他从船上带回家的各种电器。我再次请父亲搬到深圳一起住。父亲说，过两年。

球球五岁幼儿园大班的时候，父亲不请自到。我后来才意识到，父亲都是精打细算过的。五岁过后就是六岁，六岁就是小学一年级。小学了就有考试，有考试就有比较，有比较就有输赢胜负。输什么别让孩子输在起跑线上。父亲来给球球抓“起跑线”教育了。果然，球球的幼儿园大班时光过得非常紧张，起居、接送、数学、认字、英语、玩耍，时间安排到每一分钟。我和妻子都是大忙人，父亲如此投入，我们更多的是欣慰。何况，球球一上小学，成绩确实不错，科科都是满分。再强调素质教育，但也不能跟科科一百分过不去吧。

就是球球连年科科一百分的时候，父亲频频相亲了。七点五十，球球一进校园，父亲就踩着共享单车去了社区公园。社区公园，我天天从那里上下班，却从来不知道那是城中著名的十大老年人相亲地。父亲有天晚上等到球球睡着了，推了一下正独自在客厅看剧的我。我按下暂停键，抬头看父亲。父亲先是站着，然后又坐了下来。好一会儿，他说，我在社区公园相了个亲，处了快一年了，感觉不错，什么时候把张阿姨带给你两口子看看。父亲还打开手机给我看了他和张阿姨的合影。父亲穿着在石油化工公司当顾问时经常穿的那一身衣服，脖子上依旧挂着绿带子牌牌，只不过不是工牌，而是小区出入门禁卡。张阿姨穿着一身白色的防晒薄衣，里面是蓝色的 T 恤，看上去要比父亲年轻、有活力许多。父亲说，她是演员，和我同岁，中央戏剧学院表演系的，是巩俐的师姐咧。“咧”是湖南口音，往往带着得意和轻快的意思。这是我第一次感受到父亲内心闪过的小男人心态。我说你自己的事你自己考虑好。父亲说，我考虑好了，但你们要点头，不然以后怎么生活，毕竟住一个屋檐下。你们点头了，我还要办个酒席，六十六配六十六，六六大顺咧。我说，我跟小宁讲一声。

枕边，我把父亲的想法讲给妻子听。听完后，妻子起身拔下正在充电的手机，按亮，手指戳着屏幕。不一会儿，妻子躺下了，侧身背着我。很久后，她转过头，嘴里的气噗噗而来：中央戏剧学院表演系七十年代的毕业生就没有一个姓张的。气噗完，手机塞在我手里。手机打开的网页正是“中央戏剧学院表演系”的百度百科，往下一拉，有历届毕业生名单。七十年代，只有七三、七四、七六、七八这四个年级的毕业生，名单里有陈宝国、蔡国庆这些名人，确实没有张姓女生。这会是骗局？我下意识说了句。

妻子说，还是让老爸搞清楚点为好，现在这社会，什么事情都有可能。

我让父亲进一步落实下张阿姨的身份再做决定。

话说过之后，张阿姨似乎就再也没有被父亲提过。六十七岁生日那次，喝了点酒，我问父亲，张阿姨怎么样了？父亲没说话，但眼里闪过一丝不快。很快，父亲当着我和妻子的面说，我现在和另外一个张阿姨交往，时机成熟了，有什么决定，再和你们讲。

晚饭吃完，球球睡着后，我走进父亲睡房，斗胆问起为什么第一个张阿姨没有任何交代就结束了。

父亲没有回答，到处找东西，我的眼镜呢？我说你的眼镜就挂在你领口。戴好眼镜后，他闷闷说了一句，交什么代，伤害到人家了，还要人交代。

我问，伤害到你还是张阿姨？

怀疑人家不是中央戏剧学院表演系毕业生，说网上没有她名字。父亲说，人家也是有尊严的，再也不会面了。

可确实没她名字啊。

可惜了。

可惜什么?

可惜我们这么聊得来,我们可以一口水不喝聊一个大上午。

我开始也替父亲感到可惜,但很快又觉得并不可惜。不怕一万怕万一,这第一个张阿姨没准儿就是有问题,得知我们子女发现不对劲后,立刻闪了,不会面了。老年骗婚骗财产的新闻和花样多了去了,就当是一段美好回忆吧。

第二个张阿姨,在我和妻子的忐忑等待中,父亲摊了牌。比父亲小几岁,还是个蛮有名的建筑工程师。父亲自己到网上查到她的很多新闻,打印了出来给我看,有点验明身份的味道。照片也看了,外貌身材比第一个张阿姨是差了一大截,但也算是典型的知识分子,戴着眼镜,衣着朴素。她还从来没结过婚咧。父亲再次表达出内心的雀跃。

其他呢?我问。

其他,其他就是刚做了一个大手术,脑壳开颅。办退休手续前一天,去一个工地上参观,结果一根大钢管斜偏下来,砸到她的安全帽上。可能是钢管太重了,也可能是安全帽质量不过关,总之当场昏迷。在医院做了开颅手术,颅内的血水抽了差不多半个月,半个多月后才完全苏醒。不过手术比较成功,现在跟正常人没什么区别,加上她爱运动,半个马拉松不在话下咧。

我打心里是不同意这个张阿姨的。我说，我大舅你还记得吧？

我这么一问，父亲不说话了。我大舅也是开颅，头几年也跟没事似的，直到后遗症出现。他先是秋冬季节身体麻木，后来又扯起羊痫风，大舅妈后面二三十年基本上就成了专职按摩师和一刻不能离开的监护人。

妻子说，爸爸，你和张阿姨谈得来，就先处着呗，结婚的事慢慢商量。

父亲不是傻子，呛了一句，再谈得来，也不能拿感情欺骗人。

转眼球球到了四年级，学业更重，也更难了。年近七旬的父亲迸发出惊人的学习力，球球睡觉的时候，他就拿出课本来预习，第二天的课后作业自己先做一遍。偶尔看到他挑灯夜战忘了关房门，我脑海浮现出很多主旋律老电影，比如老一辈科学家西北戈壁上研究氢弹原子弹的场景。不得不承认，他们这代人身上自带一股韧劲、拼劲。

辅导球球任务加重，我想应该不会有第三个张阿姨了。但没想到，我错了。第三个阿姨，确实不姓张，姓陈。而且父亲直接把陈阿姨领进了家，给我们看。那是一个周末的上午。父亲干净而利索地说“进来吧”，陈阿姨就进来了。继而，父亲先介绍我和妻子：这，我儿子，小孔，搞艺术的，开公司做设计；小宁，儿媳妇，中学老师。我镇静地点着头，妻子忙着沏茶。父亲接着介绍陈阿姨：陈阿姨，我的同龄人，还是老乡，家乡话都是通的，退休了，过来和儿子住。

陈阿姨穿着一身运动服，白色的，镶着绿边，很是精神。陈阿姨看到我们阳台种着花草，跟妻子聊了起来。妻子懂花草，两人聊得热乎，浇水、施肥、修剪、光照，等等。父亲坐在沙发上，脸上挂着生硬的微笑。陈阿姨和妻子聊完花草，又到房间里看正在写作业的球球。父亲也跟了进去。我和妻子在客厅里听到他们两人在讨论如何快速解出这道数学题，还有没有第二种更简便的方法，等等。他们谈论了很久，似乎动用了笔和纸，演算起来。

大约半个小时后他们才出来，两人脸上带着打了一场胜仗的表情，自信而松弛。父亲说，坐吧。

陈阿姨坐下，坐在沙发上。

父亲对我说，你们也坐下吧。

我和妻子坐在餐桌椅上。

明人不说暗话，这是陈阿姨的开头，我和孔工相处一年多了，他中午还经常去我那边弄个饭吃什么的，我们相处得很好，无话不谈。我呢，特简单，一直在企业里，国企、民企都待过，后来老伴走了，就来了深圳，跟儿子住一起。我儿子跟你们不差上下，他七六年的，属龙。我有自己的退休金，一个月六千多，也有一些积蓄。

陈阿姨，住哪里？我下意识地问道。

南荔。

南荔花园？

南荔村。

我和妻子没说话。南荔花园是高档小区，南荔村则是快要拆迁改造的城中村。两个地方一墙之隔，环境、档次却是一个天上一个地下。陈阿姨和四十大几的儿子还租住在城中村农民房里啊。

陈阿姨儿子卖房子炒股，结果套住了。父亲补了一句。

迟早会解套的，只要不割肉。妻子把尴尬缓和过来。

听说股市有好转了。陈阿姨说。说完，她和妻子又聊了一下花草。这次是硬聊，相同的话重复了好几遍。十多分钟后，陈阿姨耸耸肩，孔工，我该回去了。

父亲把陈阿姨送出小区，很快返了回来。他走到阳台花草前，重重地大气一叹：唉！妻子见状闪回卧室。我想了想，走到父亲身边，说，你和她们谈得来，就和她们处朋友吧，非得结婚吗？

什么她们！是她，不是们。父亲看着阳台外的一方天空，重重地说，你们就是担心我那房子。

不是我们担心你那房子，是我们担心你那房子被人无端端占有。我理直气壮地回了父亲。

我跟陈阿姨说了，明天我去租个房子，我搬出去住，我有这个经济实力，我不靠你们，这总可以了吧。父亲有点激动，声音像使用了短视频剪辑软件里的变声功能，突然变得沙哑、颤抖。

我不作声了。父亲在外面一定是个很有威望、说一不二的男子汉。但在我面前，他总是显得温和、谦卑。这次，应该是伤到他了，他做了反击。他的反击都是那么谨小慎微。这反而让我愧疚。我默默退出了阳台，带球球出去玩了。

第二天是周一，下午我提早回了家，我真担心家里是空的，只剩下球球一个人在安静地写作业。庆幸的是，父亲在。父亲在和球球探讨更多的解题方法。父亲想和陈阿姨住一起，但他更离不开球球，担心无人辅导。他选择了球球。

父亲七十大寿生日前，有一天我突发奇想，起了个大早，去了社区公园的老人相亲地。我躲在远处，看到十几个叔叔阿姨正在跳交谊舞，也看到了穿着蓝色衬衫的父亲。父亲一个人跳，手伸在眼前，像抱着一团空气，前前后后，左左右右，脚后撤半步，转圈。几曲下来，别人都有舞伴，只有父亲始终抱着一团空气。我的心像是受到了刺激，想走过去为父亲打抱不平：为什么没有一个阿姨跟我父亲跳舞。

我一直守到父亲离开。他一走，我就走到那些阿姨中间。舞曲终了，有人一对一对地，或站或坐，聊着天，那都是找到了伴的。没找到伴的，或一个人踽踽离去，或两三个人说着闲话。我假装是来替自己的父亲相亲的。我和三个聚一起的阿姨攀谈起来，哪些大叔最受欢迎？

孤寡成功人士，没儿没女的。穿旗袍的阿姨脱口而出。另外两个阿姨哈哈大笑起来，边笑边点赞。

就是能够自己做主的。穿阔腿裤的阿姨补充说。

像刚才那个老头，穿蓝色衬衣的，谈几次儿女阻止几次，没人会再和他谈。戴大墨镜的阿姨说。

穿旗袍阿姨接着话又说，那个老头，真的很不错，我接触过，知识非常丰富，天文地理全都懂，尤其谈起科技，地球、物理、飞机、轮船、石油、大海，那是信手拈来、深入浅出，和他在一起，真不会腻。

阔腿裤和大墨镜一声叹息。

天天抱着一团空气跳舞的父亲，最后选择了“嫖娼”。也可以说嫖娼选择了他，因为法律规定年满七十免于拘留。他被徐警官撵到派出所，就像是天突然下起雨来找个地方避雨而已，唯一麻烦的是雨一直下，最后需要我来送伞。

父亲去世后，我一直好奇父亲为什么三天两头会去南荔村找卖淫女。和徐警官熟了之后，有次徐警官给我看了一份审讯卖淫女的笔录，其中一则问话涉及父亲。

问：你的同行举报你经常诱骗一个名叫孔有知的老人。

答：我只能说我被冤枉了，或者是她们嫉妒我。孔有知这个老人，七十了，他找我不是搞那些事，他是要找个人聊天。当然，他也要享受，他要你给他全身按摩，不轻不重，要按舒服。按着按着，他就跟你讲各种事情，有的是他的人生故事，农村的，城市的。有的是他看书看到的故事，古代的，现代的。有的是他做梦梦到的故事，完整的，不完整的。还有，他懂的东西特别多，特别奇怪。比如他说，他有次掉进海里，一条大白鲨张口把他接住，大白鲨咬了一口他的脚脖子，立即把他吐了出来。为啥呢？大白鲨对人不感兴趣，因为人肉太咸，而且不够肥。关于世上有没有外星人，他说有。那外星人为什么不打我们地球人，是因为他们压根不感兴趣。他为什么喜欢找我这种年纪大的说话，因为年纪大的有耐心，不会听了半截睡过去。加上我是没文化的人，他讲的很多东西我跟听天书一样，数不清的疑问要问他，有时候也跟他争论。问着问着，争着争着，一个半天过去了。他很讲规矩，按时间给我付费，一小时一百元，不足一小时按一小时算。南荔村所有站街女，他应该都找过，我感觉他有讲不完的故事和知识。他想从中挑出最合适的，以后可以做长久的听众。

我相信卖淫女笔录里说的一切，这就是我的父亲。父亲二十三岁出海，直到退休。半辈子在茫茫大海上度过，他有多少从未告诉我们的故事。遗憾的是，我们父子之间没有一次安静下来，面对面，认真地说会儿话。不知道别的父子关系是否也如我们这样。

父亲去世前半年，南荔村被爆破拆除。偌大一个城中村，几万人的生活记忆，喜悦与悲伤，汗水与泪水，瞬间被一层厚厚的石灰覆盖住，仿佛一切都没有发生。被投诉为藏污纳垢的卖淫女也不复存在。新的地产开发商进驻了。一切都规规整整、干干净净。徐警官再也不用通知我来接父亲了。球球也升到初中，很多作业辅导，父亲是无能为力了。父亲无处可去，开始整日蜗居在他的小卧室里，夹在我们中间的是每天早晚简单的几句问候。

父亲最后是自杀而去的。服了大量安眠药。这个只有我和妻子心里清楚。我们对外说父亲是脑梗。父亲自杀的地方是他广州那套房子。那套房子有父亲一生的物证：收音机、收录机、黑白电视机，等等。他都没有扔掉。这些物件被满脑子知识的父亲拆过，装过，拆过，装过。除此之外，还有他的各种书刊、笔记，几十年前的《无线电》杂志、《微波集成电路化 L 波段敌我识别机》知识摘抄，等等。父亲满身知识，却没打败晚年寂寞。我瞬间想起我考上中文系的那年夏天，父亲对我说："花花架子要，但知识、技术更得要，学好数理化，走遍天下都不怕。"

我替父亲难过。

一年后，我把父亲广州的房子卖了。南荔城中村改造紧锣密鼓，平地起高楼，过几天就变一个样。昔日挤挤挨挨的握手楼、亲嘴楼即将被高大上的住宅小区取代。从打出的预售广告看，新小区名字在"南荔村"的基础上仅仅加了个"新"字。手里有些钱，我和妻子考虑是不是要投点资再买个房，正好还有一个购房指标。妻子也让我有空儿去南荔新村看看，问问价格。

整日忙忙碌碌，我也是拖了好久才去了一次。那是个工作日的下午，大约两点半的样子。崭新的售楼中心就安在老南荔村村口位置。我在售楼中心转悠了大概半个钟头，填了表，拿了些资料就出来了。我一出来，就觉得总有个人在跟着我。我停下来，转身，定住。一个老大姐，五十多岁的样子。

她想撇头，又忍不住转头看我。我没动，看着她。她低头朝我走来。

果然有事。她走到我身边，又退了小半步。你是孔老先生的儿子吧？她小声说。

哪个孔老先生？

在大海上工作的孔老先生。

没等我确认，她又说，我见过你的，在派出所，你去接你爸。

我试图看清楚她的脸，但她是低着头的，我只能看到她的头顶和前额。前额的头发有些微微发白，飘荡在风中。

你爸找我按摩按得最多，至少三四十次，有段时间，除了周末，天天来，两点半到，四点半走，走的时候一声不吭留下四百元钱。

我瞬间明白了她的身份，不知道该怎么接话。路上突然堵起车来，喇叭声此起彼伏。老大姐居然拉了我一下，到里面说，太吵了。

我跟着她回到了售楼处旁边的一块空地上。她还是低着头说话。你爸不在深圳了吗？

不是不在深圳了，是不在了。我说。

不在了？她有些惊讶，惊讶的时候，不自觉地抬起了头，哎哟，怎么就不在了。

那是一张普通得我现在早已没有记忆的脸。唯一有印象的就是垂在前额微微发白的头发，以及它们在风中飘荡。

老大姐突然放松起来。她似乎故意清了下嗓子，声音也大了起来。你爸救了我。前两年，我最惨的两年，钱被骗光，女儿上研究生每个月千把块钱的生活费我都接不上。没办法，做了按摩。做按摩也没用，年纪大了嘛。我不能让女儿研究生上到一半就不上了啊，所以就打算把小镇里的房子卖了。正要卖房的时候，遇到了你爸。两三个月的时间，我从你爸那里挣了将近两万块钱，你爸大方，有时候多给好几百。女儿生活费有了。接着，老家传出要修高速公路的消息，高速公路正好穿过我小镇的房子，射箭一样，直穿而过。幸好没卖房子。政府赔了我一百多万的拆迁款。倒了几十年的霉，老天爷突然开了眼。这都多亏了你爸。

她这么一说，我倒是有些惊奇，但谈不上有兴趣继续听她说下去。我哦了一声。

老大姐还有话说。她说，政府通知回去领赔偿款，我匆匆忙忙就回去了，也没跟你爸说一声，我们也没有互相留过电话。我以为回去就可以领到钱，没想到各种手续、签字、开会，搞了两个多月才领到钱，等回到南荔村，南荔村早已成了平地，我放在出租屋里的东西，房东说联系我几次联系不上，早就丢了出去。我在附近的小区租了一间房子，每天下午就来这里，东转转西转转，想看看能否再遇见你爸。可惜再也没见到。我不甘心，就一直等下去。我不需要再做他生意了，我想和他交个朋友，说说话聊聊天，也感谢他一下。你知道吧，你爸蛮有意思的，他说要不是社会成见，同时顾虑到子女，他是想和我结婚的，说我是他的最佳聊友哟。

说到这，天下起雨来。一开始是毛毛细雨，接着淅淅沥沥，再接着哗啦啦，倾盆大雨。不远处是一个茶餐厅。我对老大姐说，到茶餐厅去，我请你喝杯饮料，你讲讲我父亲都跟你聊过些什么。

可以啊。三天六夜都讲不完。

那就每天下午我过来找你，请你喝杯饮料，直到讲完为止。说完，我带头跑进了雨中。

两个父亲

早上接到市里影视家协会刘秘书长电话，说协会今晚飞机飞贵阳，红色根据地学习加民俗采风，当然主要是民俗采风，去七天，共十位骨干艺术家，我是其中一个，问我没问题吧。没问题一会儿导游会联系你，你把身份证号码报给他。

有点受宠若惊，这种好事能轮到我这个小会员头上。我迟疑了一下，对秘书长说，一会儿我回复你，看看我的时间安排。

其实我没什么事，这段时间正闲着。我迟疑，是考虑和一帮陌生人出去玩儿合不合适。因为工作原因——我干电影剪辑的，宅得不能再宅，倒不是说害怕或者社交恐惧，而是不习惯一堆人共处那么多天，吃饭啊，谈笑啊，寒暄啊。

但我还是决定去。因为父亲说他今天要坐高铁过来，到我这里住几天，他在湖南老家的那个旧改小区正式拆迁了，他还没租到合适的房子。

找房子都找了一个月了，还没租好！凭我对他的了解，再找一个月，都未必能找到。又要便宜，又要采光好，又要挨着菜市场，又要有公园，还要安静，干脆让市长给你在市政府边上盖个免费别墅好了。

我赶到机场时，大家已经登机了。

每个人都是自选座位，没坐在一起。大家第一次寒暄是在下了飞机后的晚餐上。

除了刘秘书长我认识，其他九位艺术家，还真是第一次听说。其实也不奇怪，这几年影视业大发展，网剧、网大项目马蜂窝一样不计其数，从业人员激增，同时门槛降低：会写段子就可以当编剧；会开机然后远、中、近、特镜头各来一条，你就是摄影师；拉得到钱就是导演，因为导演会喊“咔”就可以了。相反，剪辑的技术含量还高一点，那么多软件你首先得会、得熟啊，更别说还有很多技法和观念了。

大家开始自我介绍，张三李四王五，顺着座位挨个儿来。有的人很高调，说下一个项目票房完全有可能超过《战狼2》，有的人很低调，说三年拍了三部片子，没有一个过审，最新的片子关注的是公民政治参与。低调也是为了高调，大家会随之附和：你这个牛，真正的艺术家。来，为中国电影未来，干一个。

我一直在干剪辑，这几年获过两个最佳剪辑奖和一个最佳剪辑提名，但可惜都不是知名的奖，说出来还得解释半天，只好潦草带过：剪辑师，张守刚。

没想到一帮艺术家对我的发型感兴趣。我是长发。我今年四十五岁，这二十五年都是长发。最长的时候，到半腰，最短的时候就是现在这样子，搭在肩膀上。

刘秘书长说，守刚兄，长发飘飘，还微微发白，一看就是艺术家气质。

然后大家开始吐槽。张三说，哎呀，我年轻的时候，也想留长发，老爷子反对没留成，好遗憾。李四揶揄一句，你幸好没留，不然人家会以为哪里来一乞丐。

一个编剧小女生倒是很认真地问我：为什么想到留长发，有什么故事吗？

我说，我是七〇后，我们那时候，偶像是齐秦，很多男生都跟着他留长发，我是上了大学后开始留的，中学肯定没有机会留。工作了，我分到老家的省文联，编一书画杂志，不用坐班，一个礼拜去一次，去的目的是想念食堂的红烧肉，领导也没说不准留长发。后来转型做剪辑，来了深圳，单干，头发长也不影响接活儿。习惯了，短了反而不适应，就是这样，我也不写诗，也不玩儿摇滚。

这是实话。

小女生又问，留长发有什么遗憾吗？

没有吧。

我不知道别的中年人如何。我从今年开始喜欢思考人生。“思考人生”，换了以前，会觉得“哇，好矫情的一个词，呸呸呸，滚一边去”。但现在我开始觉得它不但不矫情，反而十分宝贵。

编剧小女生问我留长发有没有遗憾，有什么遗憾，我说没有，这不是实话。

留长发是有遗憾的。

什么遗憾？跟我儿子当当有关。

当当十岁的时候，有天放学回家，脱下书包，站在我面前，很认真地跟我讲了一句话：爸爸，你能不能不留长发了？

我当时正窝在进门墙边的沙发里。如果没记错，父亲正在厨房里杀鱼。他每天要为当当做一道鱼，他的鬼扯理由是孩子十岁前必须每天吃鱼，而且是新鲜的鱼。跟着儿子天天吃鱼的结果是，我到了深圳这个沿海城市很少吃鱼，腻啊。

我没有回应当当的要求。

第二天，他放学回家，脱下书包，我从睡房里钻出来。他看到的我，长发依旧。他也没说什么，搬着小木凳，坐在餐桌前，按开电视机，调出动画片频道。那台二十一英寸的彩电，不知道为什么声音一会儿大一会儿小，大的时候像打雷要爆炸，小的时候像卓别林的默片。

父亲在厨房里喊，当当，把电视关了。

当当不理会。

我走过去按黑电视，然后回到沙发里。

当当看了我一眼，又打开，然后迅速地把声音调成静音。

那时候我正跟前妻吵得精疲力竭，连过去揍他一顿的力气都没有。我竖躺在沙发里，头枕着当当的书包，默默地跟着他看一堆小动画人儿飞天入地、各种变身。

不是编剧小女生的问题让我回忆起这段往事，而是，这段往事，最近这些年一直浮现在我记忆中。

当当问我“能不能不留长发”时，他的那张小脸浮现在我记忆中。

第二天，当当坐在小板凳看没有声音的动画片，他的那个小背影浮现在我记忆中。

这些记忆牵扯着我，像乳白色的钓鱼线，久不久浮出水面一次，水面涟漪散开，让人意识到时间存在。

说这些，倒不是因为当当出了问题。当当很好。他自自然然地成长，小学，初中，高中，长到今天的十七岁，爱看漫画，不爱运动，学习一般，有点特长（英语不错，英文歌唱得超溜），暴过青春痘，暗恋过女生但不敢表白（我偷看过他的日记，那个女生居然是外校的，还是练举重的，妈呀），身体发育算正常（十六岁那年冬天，床单上一团慌张处理过的精斑被我发现)，跟他妈妈感情不错，跟他后妈感情也还行……

为什么一个孩子会要求他的父亲改变发型?

一定是他觉得自己的爸爸跟别人的爸爸不一样。别人的爸爸都是短发，平头、三七开、六四开、中分，为什么我的爸爸长发及腰?

一定是有小伙伴跟当当说，你爸爸的头发好长啰，像个鬼咧。

十岁那年的当当，一定是受了刺激的。

我的我行我素，也一定是刺激到了少年当当的。

贵州行程的第一站是黄果树瀑布。日寒水枯，瀑布像流浪汉身上的破布条，稀稀拉拉地耷拉着，一阵大风过来都可以吹得飞起。

离开黄果树，大伙上洗手间的时候，我收到丹娜的微信:老爸现在又在搞“收藏”呢。

丹娜，我现在的妻子，是一所重点中学的语文老师。她发微信特别注重标点符号的正确使用，然后就是特别讨厌使用表情包和使用表情包的人。这样也好。看到“收藏”二字加了双引号，我就明白是怎么回事了。其实，她不加引号，我也知道。

父亲是个破烂王！家里所有东西他舍不得扔就罢了，他还从外头搬东西回家。小时候，他带回的东西不仅占满他的睡房，还侵占我的睡房一角。我一度怀疑母亲的肺癌就是呼吸了这些破烂散发的气息导致的，不然母亲怎么会五十岁不到就突然重病离去。我也一度认为妹妹之所以大学一毕业就远嫁伦敦，也是破烂逼的。家里真的是什么东西都有：旧轮胎、旧书报、旧酒瓶、旧布娃娃……他尤其喜欢捡带铁的小东西，螺丝钉、螺杆、螺帽、铁条、铁块……他都会收集起来，放在一个盒子里。他的理由是，因为这些东西太小，真正要用起来非常难找。

我小时候戴过的第一顶皮帽子就是他捡回来的。也不知道他从哪里捡回来的。总之戴在我头上的是一顶掉了一只“耳朵”的雷锋帽。掉了的“耳朵”，被他缝上一块黑棉布，以示对称。他用火烘暖和后，罩在我头顶上。那天大雪纷飞。我跑到很远的地方，在一个田野里，用小手刨出一个深深的洞，把帽子埋起来，然后站立在一边，看大雪落木萧萧把地上的痕迹全部覆盖。这是我第一次反抗父亲。那年也是我的第一个十岁。

多少年过去了，我的父亲大人啊，你还是痴心不改。以前在湖南老家如此，现在随我搬到深圳仍如此，我真的是受得够够的了。

就在我不知道该不该打个电话给父亲，让他暂停“收藏”

这一兴趣爱好时，丹娜微信又来了，是一截视频，视频里是父亲的声音：都九点了，小区幼儿园旁边还有人在跳广场舞，音响把天都要炸了，你们说这样会不会干扰到幼儿园教学，你们说要不要制止！我今天第一天住进来，就发现了问题，你们就没发现？

丹娜让我打电话劝走父亲，让他别在物业据理力争了，广场舞扰民这事，是小区的历史遗留问题，哪是物业一下两下能解决的。

我拨通了父亲手机。父亲在手机里重复着视频里的话，几乎一字不差。

我把手机放下来。他的声音照样字字入耳。

我说了一句就挂了：行啦！回去吧。

关于父亲，我不知道该如何谈起。

谈他在老家的师专（后来改成了文理学院，二类本科）教了一辈子书都没评上教授？谈他处处爱管闲事、伸张正义？这都是太大的话题了，容易把他往高大上方面引，不如就谈谈我和他。

就谈一件事，还是关于我的长发。

我是大二第一学期留的长发。也不知道父亲从哪里知道这个事，总之那个十月，父亲突然闯到了我的宿舍。他手里握着一把大号剪刀。宿舍几个同学都吓坏了，以为命案要发生。狗日的一个个胆小无比，不但没有勇夺凶器，连个刀下留人的请求都没有，全跑出去了。等他们带着校保卫科的一队人马回来时，父亲已经人走刀留，我呢，毫发无损。

父亲带刀而入，带着怒气。他强行要剪我头发，但身高够不着。他气得嘴唇打战。他开始退而求其次——骂。作为大学老师的父亲骂起人来，跟田间地头的农民父亲是一样的，遣词造句和语法都近乎一样：要不要脸？你不要脸我要脸。丢不丢人？你不觉得丢人我觉得丢人。男不男女不女，你这什么意思。你读的是什么书，狗屎是不是。

我就不说话，反正你剪不到我头发。

父亲走了。走之前，他把崭新的剪刀压在我枕头下。枕头蓬松，剪刀外露，他又从桌子上拿了本大开本的书压住剪刀。他以为我会自己手起，刀剪，发落。

父亲带刀怒闯宿舍之后，我和他再也不讲话。大二寒假，我回到家里，尽量不跟他同桌吃饭。他吃饭，我就在房间画画。母亲叫“守刚，吃饭了”，我就答“画完再吃”。母亲过来一看，我确实在画画。有时候肚子实在饿，提早出来，碰到父亲在走动，我会刻意不让他撞到我、挨到我。他坐过的位子我不坐，他拿过的碗筷我不拿。学费他递给我，我不拿，让他放在桌子上，我一会儿自己拿。就到了这个地步。

父亲受不了了。

大二暑假一回来，迎接我的是两个省城记者。那时候，中国有档很火的电视节目，中央电视台做的，名字叫《实话实说》，把当事人请到演播室里面对面对峙。各省电视台纷纷效仿，我们省电视台就叫《有话好说》。

父亲把电视台记者（准确说是编导）叫到了家里，让我们父子俩有话好好说。

这是我第一次近距离接触电视台和他们的工作。

在我回家之前，两个年纪比我大不了多少的年轻人已经在我家拍拍拍，拍得差不多了。拍我的房间、父亲的房间、客厅里的全家福，还有我的完成的、未完成的、半途而废的画作。

我回来后，一个女记者跟我说，她是大我三届的师姐，还说了我们共同的几个老师的名字。我“哦哦”地应着。师姐又说，请我们过去做节目，就是想探讨下代沟问题，想说什么都可以，不想说什么也可以，一切自由。说得好就播出来，说得不好就不播。

父亲站在一边说：守刚，咱们来一次平等的对话，直抒胸怀。

父亲不说还好，他这么一说，我就答应了：好，对话。

然后很快就有车子过来接我们。他们在市电视台搭建了一个演播室。与其说他们会节省开支，不如说他们害怕我中途变卦。

父亲坐中间，我坐父亲右边，主持人坐父亲左边。灯光一打亮，这才发现录节目像演戏，说着说着就会有很多人过来提示，你稍微坐拢点，对，就这个姿势；你的脚稍微收进去一点，多了多了，对对对，是是是，舒服就好；当时情景你能不能讲仔细点，对，最好再仔细点，多讲点细节。父亲是被提示最多的。平时说话滔滔不绝的父亲在镜头前讲话，慢得仿佛每个字都被他嚼碎了再依依不舍地吐出来。我的父亲与平时完全判若两人。

从中午录到晚饭时间，主持人似乎饿坏了，录着录着扭过头冲一个领导模样的中年男子打 OK 手势。中年男子回打了一个 OK 手势。好，结束了，收工。我的师姐突然从黑暗中冲上来，帮我们摘掉麦克风。父亲非得自己来，结果麦克风的线绕在衬衫和白汗衫中间，半天扯不出来，急得他一头汗。师姐帮我取下麦克风，我突然想起十岁那年我雪埋雷锋帽的故事，问能不能补录这个故事。师姐指指主持人的椅子。人去椅空。连摄影机都卸下来了。我只好作罢，很多天后都觉得遗憾。

半个月后，这期节目，名字叫《父与子》，在省台播出，收视空前，据说感动了很多人。市里晚报还报道了，其中有个小标题大意是，“理解”二字，从这一刻起，在这对父子心里萌芽。

看了觉得好笑。我一直都理解父亲，关于他为什么不喜欢我留长发。只是我不愿意头发刚留起来没两天，就要被他用剪刀咔嚓，这对长发太不负责了。

父亲倒好像是真的理解我了，再也不过问我的长发。因为节目的播出，他成了小城名人，光市里晚报记者来来回回就采访了好几次。报道为他贴上了“真实”“真诚”“宽容”等标签。

看到父亲得意的样子，我就不想把“理解”进行下去了。感觉自己被骗了。

贵州之行第三天，我们走马观花似的跑了好几个古镇。

这些古镇几乎都是千镇一面：靠着一条河，河两边建起木楼，木楼挂着红灯笼，灯笼下是一群忙着自拍的人。街上呢，永远的石板路，路两边是门店，卖各种仿古小玩意儿，以及“民族风”服饰、牛角梳、蜡染、银器、假古董、木头玩具。这些玩意儿可能都是从义乌小商品市场进的货。至于景区里的民俗表演，甭管是这个民族还是那个民族，基本都是一个套路：迎亲，新郎要见新娘，新娘闺蜜不让，新郎兄弟们上，一番调笑，然后搞定。讲究的还好，至少服装、道具、演员表情还算到位，最可怕的是，在一个古镇，当当当，锣鼓敲起来了，有个演员还在看手机，一上到舞台，他居然打了个大哈欠。胡编的剧情、错位的歌舞、麻木的演员，加上一堆胃口奇好、照单全收的观众，嗯，一切都是最好的安排。

同行的，好歹也是骨干艺术家，品位尚存。大家站在石板路上扫了几眼，便一致要求导游找了个临河茶馆，大家哈着白汽，捧起茶，聊起天。

大家由生到熟，话题也慢慢接了地气。

有个作曲家谈到房子。他说他刚买了一个市中心的房子，贵得要死，但还是要买，因为这是给孩子预留的房子。

在座的除了编剧小女生（刘秘书长补充介绍过，她是一九九二年生的，九〇后），大部分都是六〇后、七〇后，七〇后中七五前居多。所以“房子”这个话题，对于一帮老家伙来说，是大家都感兴趣的。

作曲老师的一番话强烈地拨动了大家的心弦，咱们非贵非富，能帮到孩子什么？什么都帮不上，除了给他预留一套房子。有了房子，以后他走上社会，至少不会有大忧愁了。至于有没有出息、成不成大事，就看他自己的造化了。

大家都认同这个理，纷纷说自己也是早几年就买了一套房，以后大房子留给孩子，自己和老婆就住小房子，只不过没有作曲家有本事，敢在市中心买房。

我怎么没想到这一步！我不仅心虚，还有点羞愧。

但随着九〇后编剧小女生的一席话，我的羞愧立即又被瓦解了。

九〇后编剧小女生对着一群大叔大妈说，你们想多了。第一，现在大部分人买不起房，但十年二十年后，房价还会这么贵吗？你现在吐血买一套房，到时候可能并不值钱。第二，十年二十年后，人的观念还会一成不变吗，还是要结婚就必须要有房吗？可能那时候，租房的反而看不起买房的。一切皆有可能。

一切皆有可能。我非常崇拜地看着编剧小女生，喃喃念道。

夜宿黎平侗寨。

气温骤降。手机推送的信息说贵州四个地区或降小雪，包括黎平。

冷是冷，但这个行程，我最感兴趣的是这里。因为有侗族大歌。在所有少数民族音乐中，侗族大歌是我喜欢的民族音乐之一。侗族大歌是没有指挥的，但却那么整齐，三个不同声部的配合是那么分明和圆融。一觉醒来，我们将去侗寨访问一位歌王，还会去一个学校，了解侗族大歌的教学方法。

然而，当晚，一则消息引来疯狂刷屏：西北某村里，有六十多个农民患上尘肺病，其中七人在十日内相继自杀身亡。

微信里的图片，看得人极度压抑。

第二天早上一醒来，看到当当把我和父亲拉进了一个微信群里，群名叫“两个父亲”。

当当在群里发了五段语音。点开一听，前三段语音讲的是昨夜刷屏的新闻事件的来龙去脉。后两段语音讲的是，他和他的一个同学，准备晚上赶往北京，然后一起出发奔赴西北，为尘肺病农民提供物资、法律与心理援助。

父亲也有一段语音，点开，他机关枪一样的声音蹦出来：当当，我这个老同志加入你们的队伍！

我在群里发了个微笑表情，以示我也在。

我@当当：你现在就把你、你同学，还有爷爷的身份证、手机号码收集好，一起发给我，我现在就给你们买今晚直飞北京的机票。

发完，我先给丹娜留言，让她抓紧时间到楼下的超市，给父亲准备一套去北京穿的棉衣棉裤，买大码的，还有一双厚底鞋，他脚四一的。

然后，给当当的微信输了一行字：“当当，明年爸爸给你在市区买一套房子，等你参加工作了好有住处。”输完后，我又犹豫了半分钟，算了，还是别发了，矫情。

自杀森林

天气预报还真准，说当日有雪就当日有雪。雪下在大阪到富士山之间的高速公路上，时间是晚上十点多。几乎是毫无节奏地，突然鹅毛纷飞。车里的广东人哇哇大叫："下雪了下雪了！"

地陪导游陈先生——他让大家按日本的方式称呼他"陈桑"，勾下头跟大巴司机一阵"嗨""嗨"。不一会儿，司机把车开进了加油站。十几位男女老少摆着鱼尾，溜下车，各自找了个背景无人的地方拍照，然后打起了雪仗。先生阿涛带着儿子一丁，也乐在其中。

我倒乐不起了。因为如果富士山也下雪，那完蛋了。下雪会挡住蓝天，没有蓝天是看不到富士山的。我想看富士山。我走到陈桑旁边，"陈桑，看来明天富士山看不成了。"

"看情况吧，不一定的，大阪下雪，东京不一定哦。"他和气地回答我。

大家缩着脖子，甩着手，挤挤挨挨地上车了。一坐下赶紧发微信，讲语音。儿子没有坐到我的座位上来，去了他爸爸那边。

这时候陈桑开始讲富士山。大家都还沉浸在雪的惊喜中，没几个人认真听。陈桑习惯了自话自说，完成他的工作，"……这几天一路上，我都说了，日本人最喜欢种树，一路上，你看到处都是树，日本现在是没地可种了，前几年他们还跑到蒙古国去种树，咱们中国广东云浮他们也去种过。日本到处都是森林。但是，我跟大家说，富士山脚下有一座森林却很特殊了，那就是自杀森林——青木原。青木原又叫青木原树海，里面全是几百年的树，密不透风，指南针在里面都没用，因为磁场全被干扰了。进去了就很难出来。所以很多日本人选择在这里自杀，每年要死好几十个。"

我坐在陈桑后一排。陈桑瘦高瘦高的，一边说一边看窗外。窗外黑黝黝的，啥也没有。不知道"自杀森林"这个话题是他为了吸引大家注意刻意加的，还是导游词里预先就有的。

陈桑介绍完，坐了下来。我往前看到，挡风玻璃上的雪花渐渐少了。

"看，进入东京境内，雪就没了。"陈桑歪出身子，扭头告诉我。

"嗯，还真是的。"

车继续前行。车厢恢复安静。我回头看坐在后排的先生和儿子。先生昂着头，抱着手，手和大腿之间是儿子的小脑袋。两人都呼呼睡着了。

不知道怎么的，我清醒如一只黑暗中的猫头鹰，两眼炯炯，望着浓墨一样的窗外。我的脑子里全是陈桑刚才讲的那个青木原——自杀森林。

一种讲不清楚但又很真切的感觉，像蛇一样缠着我身上的关键部位，脖子、臂膀、腹部、腰和小腿，让我所有的脑细胞都往“自杀森林”这四个字上涌。

难道我想自杀？怎么可能！

但我怎么控制不住重复回放导游讲的话？

我好想走进青木原！

去看看？好奇？还是……

我不知道。

坐在我后排的先生发来微信，看来是醒了。微信是儿子玩雪的各种开心，还有我们三人的合影。我回复了一个笑脸。

照片里，先生是越来越胖了。这可能是办公室坐班的缘故吧。我和先生都是做新闻的，同在一家报社，他是摄影记者，我是国际新闻编辑。我们都不用坐班，他更是，一天到晚不是在新闻现场就是在去往新闻现场的路上，还背着二三十斤的器材（后面几年，报社要求摄影记者还要拍视频，包更沉了），人瘦得像个蚂蚱，而且还是冬天的蚂蚱。这几年，互联网一冲击，传统媒体变成了夕阳产业，工资不涨就算了，反而一点点地掉，一次反弹都没有，比熊市还熊市，让人绝望。记得十八年前，我和先生从人民大学新闻系研究生毕业，一起考进报社，那时候也正是报纸发展黄金时代的起步时期。那每天过得充实啊！关心国内外大事，也关心菜价涨跌，铁肩担道义，妙手著文章，所有辛苦都是幸福，人也格外珍稀自己的身份，记者、编辑，“无冕之王”啊，这个职业完全可以做到退休。哪里料到，世界说变就变，居然有一天，这个世界不需要报纸了。这个世界少什么都可以，怎么可以没有报纸呢？直到今天，我都还在傻傻地问自己这个问题。

“无冕之王”没有做到退休，先生痛下决心从报社离职，去了一家国企的党办宣传科。虽然还是拿机器拍照、录像，但拍的不再是火灾、车祸，而是董事长会见政府官员、企业名流。也再不用满城跑了，坐在办公室里等集团的活动通知即可。有时候一周收不到一次活动通知，先生枯坐得难受，就打开从来没有人翻动过的报纸，拿着一支红笔，把版面上的新闻图片逐一点评一次：“没灵性，没抓住新闻摄影的‘一刹那’”“太板了，严重摆拍”“拍灾难一定要有人啊”“图片说明裹脚布一样，又臭又长”……

我也胖了一些，好在不明显。胖的原因是刚生完二胎，六月生的，现在刚好半岁，断奶了。也因为断奶了，才有可能带着大儿子出来到日本玩。

嗯，我和先生约定好了，每年都要带孩子出国玩一次。报社工资往下掉，一家人的生活品质不能往下掉。

大家下了大巴，然后换成一辆中巴，盘旋着，上到一个半山温泉酒店。酒店四周皆是枝蔓撒得很开的松树，树干嶙峋、灰白，一看就是风里雪里长了很多年。进了四楼的房间，绕过两个榻榻米，推开后窗，一条松树枝就在眼前。我伸出手去握了下松树枝，第一感觉不是冷，而是——说出来有点像讲恐怖故事——感觉握到了一个死人的手。

我赶紧缩回房里。先生阿涛已经打开箱子，他拿出洗漱用品和换洗衣服，洗澡去了。儿子一丁已经睡成S形，看来阿涛的意思是不准备弄醒他了。

“叶叶。”阿涛在淋浴间里叫我。门没有关，水哗哗的。

“嗯。”我说，“怎么啦？”

“时间太晚了，别一个一个地洗了，一起洗得了，洗完好睡觉。”阿涛的声音穿过水声和雾气，有点闷。

一起洗？不知道我是否解读到了阿涛的意思。总之，我下意识想到了四个字：夫妻生活。我和阿涛有多久没有肌肤之亲了？怀孕九个月，二宝出生又六个月了，加起来，一年多了。

“洗你的，我要处理个工作。刚收到信息，报社要交一个改版方案。”我回了阿涛。

“哦。那行。”阿涛应道。里面水声变大了。不一会儿，阿涛裹着浴巾出来，钻到另外一个被窝儿里，左右翻了几个身，最后脸冲着一丁的方向，不动了，呼噜渐起，绵长得如低沉的大提琴。

我赶紧去洗。热水流过，白雾包裹。我在想，我为什么要拒绝先生的要求，拒绝肌肤之亲？是我胖得难看了？不至于。相反，我这段时间皮肤好多了，或许是休息充足的原因。我顺产，没有疤痕，妊娠纹也极浅。为什么？累了？还是我性冷淡？

怎么会！我否定了自己的想法，甚至觉得自己真好笑。但又确实说不出一个确定的答案。

我钻出雾气，钻进被子里。就在我洗澡的当儿，儿子居然躲进了他爸爸的被窝儿里。

六岁的人了，还不敢一个人睡觉。儿子甚至养成了一个习惯，那就是夜里十二点半左右，总会醒来一次，小手摸摸身边有没有爸爸妈妈。胆小得呀！各种招儿——陪睡，讲故事，探究黑暗背后的真实面目（去年一个夏夜，阿涛专门带他走到一条街巷里，弄清楚夜晚马路上闪动的影子，其实只是被风吹动的树叶，窗外呜呜作响的声音，其实只是风吹塑料瓶发出的声响……）——都用了，但还是没法破除他不敢独睡的魔咒。

如此没有安全感，以后怎么办？唉。二宝会不会也这样？

躺下后，我拿出手机。我没有骗阿涛，我确实是要给报社写个改版方案。修修改改，我把存在邮件里一个十年前写的方案提交了上去。报社不行了，各种瞎折腾。都什么年代了，还停留在“报网互动”这个层面。网络根本都不需要你互动了好不好。版面改来改去，换汤不换药，屁用没有。不如把力量集中起来，一竿子插到新媒体里，不回避，硬碰硬，成也萧何败也萧何，不然只会是温水煮青蛙，死无葬身之地。

这么一想，我也想离开报社了。辞职这个问题，我和阿涛商量过，最后的结果是为了家庭大局，一个走一个留。最后是阿涛走了。因为那个国企急招会摄影、摄像的人。阿涛去了国企后，我还是想和阿涛谈谈我的去留问题，可几次到嘴的话又吞回去了。因为，我担心阿涛一句话就把我问倒了：“你的去处是？”是啊，一个在报社干了十八年的编辑，而且还是国际版编辑，而且还是年过四十的编辑，而且还是女编辑，谁要你呢？

我躺平了，望着高高的天花板。儿子和阿涛的呼噜声，粗细分明，起伏交错，但让我睡意全无。

不自觉地，我按亮了手机，在网上搜索“青木原自杀森林”。哗，几万条信息出来，首先映入眼帘的是一排图片：背景都是绿油油的森林，一个人歪七歪八靠在大树上，仔细一看，是挂在树干上，上吊了；长出苔藓的骷髅头，还有没有烂掉的皮鞋……

我没有勇气点开文章。关了网页，把榻榻米推到先生那边去，挨着。耳边越来越大的呼噜声，交替、起伏。我感受到被窝儿里的暖意上升，睡意棉花一样包裹而来。

第二天，我很早醒了。醒了之后，我还是做了一个决定，我要独自去青木原看看，看看这个自杀森林。

我会不会一脚迈进去？

现在不知道。

可我该怎么跟先生说呢？按照行程，早餐后带着行李下山，下到河口湖拍照，拍可以看到倒影的富士山。然后就直奔东京市区，开始一天半的自由行。

天气帮了我！下楼早餐时，下雪了！下雪，富士山就看不到！富士山看不到，我就有理由要继续待一天，等雪停，看富士山。继续待一天，就可以自由行动。

“你知道我这次来日本就是想看富士山。”我跟阿涛说，

“我在这里留一天，明天早上如果还看不到富士山，那就算了，无缘。你带着儿子先走，我们在东京会合。”

“哦，那行。”阿涛说。

夫妻多年，一旦我决定某个事情，不管是否合他的意，阿涛都会依着我回答：“哦，那行。”

十八年前。“我们去广州找工作吧。”“哦，那行。”

十六年前。“我们晚点要孩子吧。”“哦，那行。”

两年前。“可以生二胎了，咱们还是要个二宝吧。”“哦，那行。”

习惯了，我懒得再多解释。

倒是一丁缠着我，一直到中巴开动，他还在说：“妈妈，妈妈，我不要你一个人留在这里。我担心有怪兽，你一个人打不过它。”

“是吗？”我把一丁推上车，“那就试试，看谁厉害。”

一车人向我挥手。我看着中巴徐徐开动。车瞬间一拐弯，不见了。

前方是落木萧萧，漫天飘雪，全世界的安静都汇聚此刻。

上网一搜，没想到去自杀森林还有公交大巴。山下河口湖有一站，直达。

我到酒店前台预约出租车。出租车很快就到了，司机刚拉了一个客人到酒店，正要离开。

日本服务业里，会讲中文的很多。“我下山坐巴士，去青木原。”我试探司机的反应。

“那可是著名的自杀森林哦。”司机是个小伙子，他从后视镜看我一眼，看我没回话，接着说，“您去那里干什么？”

“自杀啊。”我说。

“哈哈哈，您好逗啊，女士。”

居然会说“逗”。

“不相信？”

“肯定不相信。哪有中国人跑到日本来自杀的？”

这一句话把我问倒了。我只好“呵呵”对之。

几个大S形山路转完，出租车把我放在河口湖巴士站。大约五分钟后，一辆车身白色的两门大巴停站了。没错，富士急山梨巴士，直达风穴。青木原就在风穴站。

大巴里一共七个乘客。安安静静地坐着，没有一个人交头接耳，哪怕是坐在一起。日本似乎永远都这样，安安静静的。除了游客扎堆儿的商业景点，街巷安安静静，民居安安静静，马路安安静静，行人安安静静，咖啡馆安安静静，寿司店安安静静。很多民居门口就是坟墓，墓碑林立，也是安安静静。现在车里这几个乘客连着装都是安安静静，呢子大衣、围巾、平跟皮鞋，非黑即灰，唯一扎眼的是有两个男女戴着白色大口罩。

这七个乘客，谁会是去自杀的呢？我在想。

一通观察下来，感觉每个人都像，又感觉每个人都不像。

路上有薄薄雪水，巴士开得慢。大约一个小时后，自杀森林到了。

七个乘客下了车。下车后，感觉他们终于活了。他们哈气，拉紧大衣，戴上耳罩，一前一后地走着。一时分不清谁是一对，或者压根儿都是跟我一样，独行者。

跟着往前走了几分钟，看到了宣传栏。大致内容是介绍森林里的植被和动物。宣传栏旁边有路标指示牌。左边进去就是青木原树海入口。

沿着入口进去，瞬间感受到什么是大森林。各种大树就像挤在早高峰的地铁里，你碰着我，我撞着你，你踩着我，我踩着你，绝对的密集恐惧症慎入。地上、树上都是绿色的苔藓。所谓路，不过是苔藓被踏干了，露出褐色泥土。

路的两侧，高低不平。高处有乱石，低处有水流。除了遍布的苔藓，还有自然死亡并且腐烂的树木，以及一大片一大片勃然生长的白色伞菌。埋伏在大树之间的洞穴随处可见。忽然，一只松鸦嘎嘎飞出，有时盘旋在树丛之间，有时突然落在你脚下，出神地看着你。

路边看到树上钉着一个纸牌，纸牌快要掉下来的样子。上面有黑红两种颜色的手写日本字。有的字被雨雪融掉了。剩下的，有几个跟汉字是一样的写法:“今”“返”“命”。——猜得到，这是奉劝人迷途知返、珍惜生命的告示。

七个乘客走在前方，越走越远。他们干什么？郊游？呼吸负离子?

鬼负离子！都快要缺氧窒息了。

我继续往前走。前后无人。感觉头顶上倒扣着大海。海水是令人恶心的墨绿色，胶水一样黏稠。它们快要一滴、两滴、三滴，雨水一样落在我头发上，黏稠会顺着头发流过我的额头、眉毛、眼睛、鼻子、耳朵、嘴唇、下巴、肩膀，最后周身把我凝固起来。

掉头！我一路狂跑，跑出了大森林。

我喘不过气来，靠在宣传栏上。终于看到天。雪，停了。

气还没喘匀，巴士停站。我上了车，只有我一个乘客。我扒着车窗，有点不舍地看着眼前这只庞大无比的绿色怪兽一点点变小。是的，一如儿子说的: 怪兽。我和怪兽相遇了。那么，是怪兽打败了我，还是我打败了怪兽?

巴士回到河口湖。天色惨白，富士山依旧尊容不露。

我没有着急赶回东京市区跟先生和儿子会合。

我在富士山脚下的大湖边上来回踱步。我享受这一个人的时光，在异国。我就是我，我不是为读者服务的编辑，我不是两个男孩的母亲，我不是很久没有性生活的妻子，我也不是跟团旅游的观光客，我不是知识分子，我不是中产，我不是房子的奴隶，我不是中年迷茫者，我就是两个字：叶叶。

嘿，居然又在河口湖巴士站看到了那个会讲中文“您好逗”的出租车司机小伙子。不知道为什么，在他面前我显得很开朗。我走过去，俏皮地摊开手，表示我回来了，没有自杀。

“您怎么还在这里？”

“等一个乘客。”小伙子说，“不过他应该不会回来了。”

我做惊讶表情，然后坐到副驾驶上，表示愿闻其详。

“送完您之后，我又接了一个乘客。男的，四十多岁，他也是山上酒店的住客，也是叫我送他去青木原。到了之后，让我回到河口湖等他。他晚点坐我的车返回东京市区。返程费都付了。”

“为什么说他不会回来了？”

“他跟您不一样。他是去自杀的。”

“Why？”我蹦出一个英语来。

“他背着大大的旅行包。包里肯定装着麻绳，上吊用的。您不一样，你背着一个女士小包，哪里装得下麻绳。”

这个理由有点牵强，我不说话，看着他，听他继续说下去。

“他一上车，就不停地说他的情史。讲他十六岁的第一次如何如何，第一次一夜情如何如何，第一次到风俗店如何如何。其实他的情史很一般，就三段，但他讲得特别细，第一次见面在哪里，女生的头发长到什么位置，用的口红是什么颜色，穿什么颜色的内衣，床上喜欢聊什么，分手时说的第一句话是什么。这太不正常。”

这么一说，我又有点相信小伙子的判断了。

小伙子说：“等到天黑吧。”

我不想再等了。不想再回到山上酒店住一夜，期待第二天能看到蓝天，看到富士山。

我告别了出租车小伙子，上了开往东京市区的巴士。

巴士驶出林区，正午的阳光普照大地。仿佛时间过了很多年，一睁眼，换了人间。

我取出包里的 iPad。来日本前，阿涛为我下载了一部新电影，名字叫《至爱梵高·星空之谜》，说非常好看。嗬，果然别致，电影画面居然是梵高的油画加真人动画。可惜阳光太强烈，屏幕反光厉害，看起来费劲。片子的音乐好听，我干脆听电影，正好锻炼我的六级英语。

电影讲梵高去世后，一个邮差的儿子走上寻找画家生活轨迹的旅程，以此揭开梵高死亡之谜。电影结尾似乎告诉观众，梵高还是自杀的，直接原因是一次争吵中，精神病医生加歇告诉梵高生活的真相：为了供养梵高画画，他的弟弟付出了沉重代价。梵高由此背上精神枷锁，最后抑郁自杀。这个结果，我并不认同，三年前，我编过一个新闻，关于《梵高传》出版。这个书的作者是美国普利策奖得主写的，具体名字我忘了，总之影响力很大。《梵高传》得出的结论是，梵高死于一场恶作剧，被误杀的。

这都不影响我享受这部美好的电影。电影中间有一句台词令我印象深刻。片中精神病医生加歇说，梵高六个月前还好好的一切正常，六个月后就病情加剧痛苦不堪，这一点也不奇怪，抑郁症就是这样。

不知为何，我莫名其妙地笑了一下。

两个小时的车程到了东京新宿。

发微信给阿涛，他和儿子居然跑到迪士尼去了。从阿涛发的朋友圈看，儿子玩得不亦乐乎，早已忘了能不能打败怪兽的妈。

到了新宿，一定要去二丁目看看。二十年前，还在北京上大学，就听杨千嬅的成名作《再见二丁目》："原来过得很快乐，只我一人未发觉。"这首歌词背后的故事有意思：作词者与好友相约于二丁目，可惜好友并未赴约，他于等待之中作此词。值得八一卦的是，新宿一丁目、三丁目是女同性恋区，二丁目是男同性恋区。呵呵。

午后的二丁目，寂静如一面湖水。午夜牛郎们都还在梦中吧。唯一能想象得到的繁华，是狭小街边五颜六色的小酒吧，虽然它们一律关门吊锁。想想二十年前，青春勃发的词作者林夕先生久等好友而不见的落寞和自我慰藉，那是一种什么样的忧伤。

多么可爱的忧伤。二十年后，中年人林夕，打死他也写不出这样的调调了吧。

走出二丁目，来到主街上，招牌林立，车水马龙。即将到来的圣诞节庆，扑面而来。行人步履匆匆，一个个都像是要宣告某件大事即将办成。

青木原的墨绿与密集，巴士上的暖阳与慵懒；二丁目的宁静与忧伤，大街上的热闹与喜庆。世界瞬间转换，来不及思考，也来不及准备，身体与灵魂进进出出，转换自如，不需半点停顿，毫无不适感。

一家三口会合，已经是晚上八点多。我们在酒店二楼餐厅简单吃了点，也没有再外出，回到了房间。

照例是先生先帮儿子洗澡。一边洗澡一边讲《赛车总动员》里闪电麦昆的故事，重复着讲了上百遍，小孩子也不觉得厌。儿子裹着浴巾出来，我给他穿衣服。

儿子问我:“妈妈，你看到富士山了吗？”

“没有。”

“那你可以给我讲富士山的故事吗？”

“嗯……”睡前磨人的故事时间开始了，我无奈地说，“可以。”

“你讲啊。”

我百度出富士山的信息，一目十行挑着讲:“富士山可是世界上最大最大的活火山之一哟。很久很久以前到现在，它一共喷发了十八次大火，大得呀，消防车驾云梯都没法扑灭，它最后一次喷火是在一七〇七年，然后就一直呼呼大睡没有醒来。嗯，据科学家考证，富士山每三百年左右会喷一次大火。”

“为什么会每三百年左右喷一次大火？”

“因为富士山跟人是一样的。它也有情绪，有开心的时候，也会有低落的时刻呀。”

“跟你一样吗？”

“嗯。”

“为什么呀？”

“等你长大了就知道了。”

“那富士山什么时候再喷火呢？”

“快了。希望它早点喷火，这样它就开心了，然后安安静静睡很久很久的觉。”

“哦。”

“睡吧，妈妈抱着你。”

一丁秒睡过去。

先生拍拍我，示意我去洗澡。

我翻箱子拿睡衣。阿涛突然说起话来：“叶叶，昨天陈桑介绍富士山脚下的青木原林海，你有印象吗？”

我说：“怎么了？”

阿涛说：“明天还有一天自由行，我想你带着儿子四处走走，对，你们可以去浅草，那里很多乡村旅游景点。”

“那你呢？”

“我想去青木原看看。”

“哦。”我抱着衣服进了卫生间，到了门口我回头说，“那你早点睡，时间蛮紧的。明天我和儿子在浅草等你，一起晚餐，吃完直接奔机场。”

你说《水浒》是不是硬核小说

从监狱出来，下到山坡下，我和小路要了碗米粉。八点半的会见，从市区赶来，我们都没来得及吃早餐。小路点的汤粉先上来，他埋头吸溜着。我点了根烟，透过玻璃窗，有点出神地看着半山上那些点缀在树林间的白房子。那是小路妈即我的表姐接下来要待上十年的地方。

我还是没法把表姐和杀人犯联系在一起。刚刚在会见室里，她和小路说完话，轮到我，我还打趣地说她身上的监狱服装："我们小时候有件衣服也是这样的，蓝白条，不是横着的，是竖着的，而且也缝在肩膀上和后背上，还记得不？"表姐说："记得，那是我喊我妈缝的，你一件，我一件。剩下的蓝白条，我给我'老虎'扎绣球了。你还记得不？"

会见时间宝贵，我不能跟她净聊这些，她又不是明天要枪毙的人，没必要故意逗个开心。我赶紧跟她说了家里老人的情况、她的存款、未来家里的支出、小路的高考，等等，她也一一做了交代。交代完，会见时间也到了。

现在坐在早餐店里，回想我和表姐故作轻松的寒暄，以及她的问题。别说，会见室那会儿，我还真想不起当年她用剩下的蓝白条给“老虎”扎绣球这事儿。但是现在我想起了一半。这一半就是“老虎”。

“老虎”是条狗，是条土狗，用现在网络上的说法就是“中华田园犬”。但对于我们这些出生于农村的人来说，狗就是狗，哪有什么土狗、洋狗之说。我是到了北京上大学才知道原来狗分很多种，什么哈巴狗、牧羊犬、拉布拉多、腊肠等，也才知道原来狗是一种宠物。那是大二的暑假，我去给一家人做家教。按照地址找到人家门口，结果迎接我的不是主人，而是主人的狗。一只小狮子一样的东西，毛是卷卷的、白色的。如不是听到汪汪叫声，我还真以为这世界上有一种狮子的毛是卷的、白的，也真以为这世界上有人会在家里养狮子。狗主人看出了我的惊奇，就问我，你知道这是什么狗吗？我当然说不知道，但是说完我又故作镇静地说我们家里也有很多狗，我不怕狗。狗主人哦了一声，然后把狗抱起，放进一个房间里。出来后，狗主人说，你们家那叫土狗，不一样的。

那年寒假回到家，我第一时间找到表姐说，你不用那么疼爱你的“老虎”了，它不过是条土狗。表姐没听懂什么意思，反过来问我在北京上大学有什么好玩的，有没有去天安门看升国旗和爬长城，然后继续逗着她的土狗，手上一个刷皮鞋的软毛刷子不停地在狗身上梳刮着。这也是见怪不怪的场景：狗在，如果她在，刷子一定在。

我最不喜欢这个时候和表姐聊天。因为她心在狗上，在“老虎”上。这一点，我至今依然搞不懂，作为一个农村人，表姐爱狗怎么比城里人还城里人？当然，没去北京前，我也是不知道城里人居然是那么地把狗当回事的。因为在农村，狗就是狗啊！家里有三岁孩子的，在门口拉屎了，大人嘴里“喽喽喽”一喊（发声的时候，舌头要在口腔里快速抖动，并且触碰到上边牙齿。这个喊法，专门用于召唤狗），不过两分钟，屋前或屋后的狗就赶过来了，把地上冒着热气的一坨东西吃下去。大人甚至还抱着孩子，让狗把孩子屁股也顺便舔干净。另外一种情况是，家里来客人了，狗也会不请自来。因为地上会有骨头。狗就是有这个功夫，你不服不行，它们闭着眼睛都能知道今晚谁家在吃肉。难怪有“狗鼻子”一说。除此之外，狗就是看家的了。可我最讨厌看家狗。每次去表姐家拜年，兴冲冲地去，气喘喘地逃。“老虎”真像老虎，而不单单是说它的毛发金黄像老虎。没等脚步声靠近，吼叫声就从门洞里蹿出来。门里的舅舅、舅妈正要开门，“老虎”先蹿了出来，跳得半人高，一副要吃人的样子。我胆小，撒腿就跑。我跑它就追。它追，表姐就在后面喊“老虎、老虎”。虽然没有一次被咬过，但每次跑得我非常气愤，也非常难堪。

有时候新穿的鞋子跑掉了，掉水坑里。有时候顾不了那么多，高高跳起，从马路上一跃而下，落在田埂上，脚脖子疼得要死。等我回到表姐家，“老虎”坐在一个角落已经安静了，像什么事都没发生过似的，我心里却有一万个说不出的恼恨。不仅恼恨狗，也恼恨养狗的表姐。但恼恨归恼恨，一旦狗不在表姐身边，我们又有了很多话题。毕竟，我和表姐同年同月同日生，只不过她出生的时辰比我早了半个小时而已。另外一个重要原因，我们都一直在读书，初中、高中、大学，虽然都是不同学校。大学，我在北京读的本科，她在家乡读的大专，师范类。我们有的是话题可聊。聊的过程中，最难受的自然又是“老虎”的突然出现。它一出现，我就撇过头去。这时表姐就去梳狗毛，边梳狗毛边跟我说话。表姐知道我的不耐烦，就又把狗嘘走了。对了，往往这时候，她还从口袋里掏出一个布口罩，给狗戴上。是的，表姐不允许她的狗吃屎。我曾经花了一个下午和表姐辩论过这个话题：狗改不改得了吃屎？她用的是达尔文进化论和“万物皆可教”的逻辑。她甚至延伸到“没有教不会的学生，只有不会教的老师”上面。那时候没有“百度”搜索，我的知识量也一般，我自然说不出什么科学知识，只能换着说法重复一句话：“江山易改，本性难移。”多年后，我专门上网查过，答案证实当年我是对的。网上给出的答案是：狗吃粪便是正常的；狗经常吃自己的粪便和其他粪便，这不是什么秘密，尽管这听起来很恶心；狗对粪便的气味有强烈的好奇心，这就是所谓的基因或者遗传吧。

对了，我还亲眼见过表姐为“老虎”泪流满面和茶饭不思的情景。一九九八年中国特大洪水第二年，也是夏天，暑假，我的家乡又发了一次水。水没头年大，但也不小，很多房子被淹到半腰。“老虎”莫名其妙不见了。表姐披头散发，光着个脚找了一天一夜，喊了一天一夜，哭了一天一夜，跟个鬼一样，但“老虎”就是没个影儿。舅舅特地喊我过去劝劝她，算啦，别找了。我去了，她确实听劝了，不找了，但随即又把自己关在房子里。劝她出来，死活劝不出。我唯一能做的就是早中晚把饭菜端到她门口，放到地上，告诉她饭来了请自取。表姐硬是三天两夜没动碗筷，门缝都没开，跟《红楼梦》里的林黛玉一样伤心欲绝。绝食第三个晚上，表姐捧起了碗。这时，大门一开，“老虎”找到了，但已经死了。来人说，是在一个堵死的涵洞里发现的。表姐安静地吃完饭后，最后一次用软毛刷子给湿漉漉的“老虎”梳理整齐，然后谁也不让跟着，自己挑着一担箩筐，一边是“老虎”，一边是纸钱、蜡烛、香，还有镰刀、锄头。我上到平房房顶，远远看到黑黝黝的后山上隔了很久突然火光四起。火光中，表姐静坐如尊菩萨，我至今难忘。

是啊，你说这么一个——用今天的话说——有爱心的人，怎么会杀人呢？而且杀的还是自己的丈夫。

说到她丈夫，我的表姐夫，要讲印象，我也想说同样的一个词：爱心。

尤其你要知道表姐夫的身份哪，这样的身份如此有爱心，更是难得。

表姐夫什么身份？县长之子。堂堂县长之子不利用权势称霸作恶，反而低调到尘埃里，真是难得。对不起，莫怪我偏见太多。

话接着从那年发洪水表姐丢了“老虎”讲起。“老虎”埋了，读了三年大专的表姐也毕业了。师范生，毕业了当然是当老师。分在县一小，语文老师。表姐夫是表姐的同校师兄，而且是“嫡系”，都是汉语言文学专业。表姐夫早五年毕业，也在县一小，当时已经是教导主任了，但单身。两人碰在一起擦出火花，实属正常。当时还听说表姐夫是可以继续读本科的，但他自己要求早点出来工作，当老师服务社会，为家乡教育事业做贡献。我听说这个后，一下子对表姐夫充满好感，以至于当时表姐问我她该不该早点结婚时，我急促地换着不同的句子表示欣慰和同意——“中国教育的希望”“对的时候对的地点对的人”，搞得自己很懂爱情与婚姻的样子。实际上那时候，我连女生的手都没挨过。

表姐和表姐夫恋爱了一年，我本科毕业，他们结婚了。

有一件事继续证明了表姐夫的大爱之心和心思细腻。那就是他主动申请调离了县一小，去了县一中。表姐告诉我，表姐夫的理由是：如果自己留在县一小，担心有人说表姐攀高枝，以后即使获得提拔，闲话也会说因为她是县长儿媳或者教导主任的夫人。“县长儿媳”这个称谓没法改，但“教导主任的夫人”可以改。按现在人事制度的说法是，表姐夫主动回避了，避嫌了。但那时候没有“回避”一说的，父子、夫妻、兄弟在同一个单位，且为上下级关系的多了去了。同时，表姐夫似乎看准了表姐非一般之人，是可以通过自己能力往上升的。

表姐夫调到县一中，校长自然要给县长之子面子——虽然暂时让她当年级主任，但其实预留了教导主任的位子。在任教导主任还有一年就退休。表姐夫当教导主任，也算平级调动，说得过去。一年后教导主任过个套，再过一年后，又有个副校长也要退休，到时候再把表姐夫升到副校长，也不出格。这是县一中校长的“算盘”。如果校长把自己的“算盘”打给县长听，县长应该也是满意的。

然而，还没等到一年，大名鼎鼎、勤勤恳恳、一心为全县人民谋幸福、外号“老黄牛”的牛满春县长却因为贪污腐败东窗事发，最后人被抓，财产被清算，连政府家属楼里的三室一厅都被收回去了。这事虽然不关表姐夫半根毫毛，但县一中校长的“算盘”已经收回去了。所谓人走茶凉。表姐夫就这样，一直当着年级主任、年级主任、年级主任，木头椅子都坐歪了两张。

表姐那边，没受到县一小校长的恩惠，但也没受到校长的歧视。她倒真是通过自己的才华和能力，一年一升，三年升到了年级主任。因为能力强，人们都忘记了她是或者至少曾经是堂堂县长的儿媳。这一点，表姐夫看人还真准。

之后更多的关于表姐的事，我就知之不多了。表姐工作三年就荣升县一小年级主任的那个春节，是我和表姐在家乡见的最后一面。记得那天酒席上，表姐端着酒杯对我说，她一生最荣耀的是，嫁入县长之家，但没有靠半点县长之力，并勉励我男儿当自强、爱拼才会赢。乡下所有亲戚站在我们两侧，用鼓励的眼神看着表姐，而不是看着我。我点着头坐下，却一眼瞥见表姐夫正在厨房一角，拿着个刷子，正在刷着一件红色棉衣。表姐夫高度近视，只见他头勾着，前额的头发落在衣服上，一甩一甩的。那红色棉衣是表姐的衣服，十有八九是沾了油渍。

那场喜宴后，我去了美国读书，然后留在硅谷当民工，结婚、成家、生娃，一天关心的事情是社区五公里之内的新闻。弟弟大学毕业后在深圳成家，父母随之迁到深圳居住，帮着带娃。出国十多年里，我出差加探亲，回国共四次，落脚点也都是深圳，然后北京上海各种见人、活动、饭局，时间从来没有宽裕过，加上父母不在老家，回老家看看自然也是嘴上说说的事了。

有时候会刻意问问母亲关于表姐的事情。不为别的，就因为在那个乡里，我们两人是最早靠硬考考上正规大学的人。后面大学扩招了，像我弟那样，越来越多的人上大学，上大学也越来越容易。他们不能跟我们比。我们是千军万马挤独木桥，鲤鱼跳“农”门，真正靠知识改变命运的人。我们也是对方唯一能谈到一块儿的人。

当过三年村妇女主任的母亲，往往都是列大事年表一样跟我说表姐的事：你去美国第二年，“非典”那年，表姐生了牛小路。你去美国第四年，表姐当了教导主任，表姐夫年级主任主动不当了，只当普通任课老师，因为要照顾牛小路。你去美国第五年，表姐起诉县政府，要他们归还原县长在政府家属楼里的房子，因为那个房子跟原县长的贪污腐败无关。母亲说，告政府那件事在整个县里、市里都闹得很大，民告官，而且是一个弱女子，你得了！中央电视台《焦点访谈》的采访电话都打到县委宣传部了，最后的结果是表姐撤诉，房子老老实实归还。你去美国第六年，表姐当上县一小副校长，成为全县第一位三十岁当副校长的人。你去美国第十年，表姐成为市里的“三八红旗手”，一小校长当了快两年了。每每听到这些，我都问一句，表姐夫呢？貌似母亲对表姐夫了解不多，几次都回答我说，好像还是县一中的任课老师。后有一次才多说了一嘴：你表姐和表姐夫刚刚评上了县里的“书香之家”，正报市一级，事迹里写着他们是学习、生活、事业上的完美搭档。听完，我瞬间想起很多年前表姐夫在厨房里低头给表姐刷棉衣的情景。

大概是两年前，我和表姐联系上了。这得感谢微信。突然有天傍晚，母亲把我拉到了一个家庭群里，嗬，群主正是表姐。我一进群，首先看到的是群主的鼓掌、欢迎、献哈达，一大串的动图、表情包，还有红包！可惜，整个群里只有她一个人在“热烈欢迎”。我反应过来，当时在美国我是傍晚，那么在国内则是清晨六七点，人都在梦乡里呢，难怪。

于是，在一个异常冷清的家庭群里，我和表姐互相问候着，这里既有客套话，也透露着家人才有的直性子话。印象最深的就是她问我，中美必有一战，你真不打算回来？我说，你为什么这么肯定中美必有一战？她说，中国强大了，丛林法则，食物链要争夺，明摆着的啊。我回答不了她的问题，只好转聊到她的专业：教育。她转了一个链接给我，是县“教育创优”的投票评选，里面有县教育局大力发展素质教育的介绍。看完我明白了，表姐已经升任教育局副局长啦，分管教研和义务教育工作。看着那些口号似的词语和句子，我对表姐说，我先好好拜读、学习。表姐发了一朵红玫瑰的表情包。随后大约半个小时的时间里，陆续有长辈、晚辈出现在群里，发着各种问候，捡着剩下的红包。表姐不再出现，我猜她也该准备早餐和上班了。退出微信前，我看了看群名单，居然没有看到表姐夫。

奇怪的是，尽管有了群，但我和表姐的交流也就是我进群的那一次，后来再也没有过。我们也没有主动单独加对方为好友。这里的原因可能主、客观都有。客观方面，我微信上得还是少，另外就是时差的原因，群里很多热闹的活动往往都是晚上，而我正在酣睡中。我冷落了大家，大家也忽略了我。主观方面，表姐发现她的很多观点我似乎不那么赞成，尤其是她认定的“中美必有一战”。

当年乡里最骄傲的两个少年，如今交流如此少，终归是令人遗憾的。而且这个遗憾，因为表姐的杀人、入狱，更加难以弥补。十年后，表姐从监狱出来，我们即使如少年那样，回到家乡，冬天一起烤着火或者夏天一起走在田野里，还能说什么，还有什么好说！都是知天命的岁数了。

表姐杀死表姐夫那天，我刚从旧金山飞抵香港，过关进深圳。进了深圳，换上中国移动的电话卡，打开微信，家庭群一直置顶。点开一看，很多图片，图片都很暗，暗中可以辨认的是菜刀、血泊、倒下来的椅子和一个更暗的影子。前后图文一看，那个更暗的影子是表姐夫。表姐杀了表姐夫。表姐已经被警察带走。

这不是小事，我立即打母亲电话。母亲说，她和弟弟刚出家门，开车回老家。我说我也回去。我打了个的赶到高速路口，跟他们会合。一路狂奔，到达老家县城，已经天黑。此时，小路还在市里回县城的路上。舅舅和他的老师商量了半天，最终决定还是将家里发生的事告诉这个高二男生。

舅舅、舅妈一家人，还有早已释放了的原县长和双方各种亲戚，会聚在一栋孤零零的政府家属楼里。血案发生在这里。当年有脚难踏进的政府家属楼，如今破败不堪、杂草丛生。白石灰墙露出土黄色的砖头，上面写着大大的“拆”字。弟弟告诉我，县马上要升级为市了，新的政府办公大楼早已迁到开发区。

房子外有警察拉起的警戒线，但早已被扯下。大家的脚印踩在客厅里、卫生间里和阳台上，除了里面的一间卧室。血案就发生在那间卧室里。门是开着的，想必警察拍完照、取完证后，匆匆离开忘了关上。从门里望进去，血泊依旧在，黑紫色的血迹从窗前的书桌一直延伸到床底。衣柜的门是打开的。弟弟细心，说，哥，你看柜子里没有一件表姐的衣服。

事情是从亲戚们嘴里说出来的，并不复杂，甚至有点俗套：两年前，小路考到市里上高中，寄宿，两周回来一次，表姐夫和表姐由此开始分居。表姐夫和县一中一个离过婚的女同事有地下情，三个月前被表姐抓过现行。昨天晚上表姐来到这个房子（原县长出狱后，买了新房。分居后，表姐夫搬回了这个熟悉之地），表姐要找表姐夫谈谈，表姐夫不愿谈，并从床下拿出一瓶白酒，自斟自饮，半醉中放言“没啥好谈，命有一条”。表姐一怒之下，拿起一把刚切完白菜的菜刀朝表姐夫砍去。醉意中的表姐夫毫无反应地溜到地上，不再动弹了。

表姐被带走，进入司法程序，无法与家人会面。板上钉钉的刑事案件，原告是检察院，找关系都没用，等着开庭吧。家属、亲戚三三两两围在一起，你发根烟给我，我给你点起火，咸咸淡淡议论下，无非是活人之间必须展现的一种人情世故。

我们去了表姐的家，县一小旁边的一个小区。客厅里，小路和他的班主任，还有一个应该是小路的同学，或站或坐，都沉默着。小路看到我母亲，叫了声姑姥姥。弟弟走过去拍了拍小路，并指着我说：“大表舅。”小路问：“大表舅，从美国回来了？”我点点头。小路说：“我妈这案子，要是发生在美国，会怎样？”小路突然如此理智地一问，我有点反应不过来。我含糊其词说：“说不好，国情不一样，法律体系不一样，得具体情况具体分析，找时间我们慢慢分析。”

可能是马上过年的原因，表姐在看守所里待了不到一周，检察院就提起公诉。大年三十前一天，法院判了：事实清楚、证据确凿，故意杀人罪，有期徒刑十年。

随即，表姐被押送到省女子监狱。我们第一时间申请亲属会见，并获批。我赶在出差结束前，和小路一起见到了他的妈妈、我的表姐。

监狱山坡下吃完早餐，我们立即返回省城市区，先高铁后大巴，回到县城。一路上，我总感觉小路有话要说。高铁上，他坐我对面，看着我，头又撇开；看着我，头又撇开。大巴上，他先一个人坐一排，然后又和我坐一起，手臂不由自主地动着，时而抠抠耳后，时而捏捏鼻子。

我把他送到他爷爷的住处。小路终于说话了："大表舅，问你一个问题，你说《水浒》是不是硬核小说？"

"啥？！"

小路重复了一句："《水浒》是不是硬核小说？"

"我学计算机的，不是学中文的。但我想是吧。梁山好汉，一百单八将，武松、鲁智深，一个个的，惩奸除恶，杀富济贫耶！"

"但我妈认为《水浒》不是硬核小说。这是她杀我爸的一个导火索。"

我完全蒙了。

小路带我回到那栋残破的政府家属楼。在客厅里，小路一个转身，指着墙上的一个红色中国结，说：“我妈之所以能捉到我爸和他的女同事的现场，是因为她在这里安了一个摄像头，摄像头直接连着手机。不信你看。”说完，小路跳起来一掀，中国结后面，还真是别着一个微型摄像头，黑色的，领带夹一样。

“你怎么知道？”

“今天会见，我妈说的，叫我丢掉。”

小路又指着客厅里的电脑桌说：“那天是周末，我回了县城。我爸叫我来这里，说他有一个同事，非常厉害，是全省有名的语文老师，让我认识一下，以后学习上有什么问题可以问她。我说，好，马上过来。那个女老师姓孙，上网一查人家确实是省级名师。过来后，孙老师看到电脑桌上有一本《水浒》，她翻了翻，停住，问我如何理解林冲的人物形象。我回答不了，摇摇头。倒是我爸接过话茬，和她讨论了起来。我坐在电脑椅上，他们两个大人在我身后交谈。有的话我懂，有的话似懂非懂。对了，那本《水浒》应该还在。”

小路低头在电脑桌抽屉里找到了《水浒》，哗哗一翻，翻到一个折页。“他们那天讨论的是这一段。”小路念起来，“林冲立在胡梯上，叫道：‘大嫂！开门！’那妇人听得是丈夫声音，只顾来开门。高衙内吃了一惊，斡开了楼窗，跳墙走了。林冲上得楼上，寻不见高衙内，问娘子道：‘不曾被这厮点污了？’娘子道：‘不曾。’”

我拿过来看了，是有这么一段。

“孙老师说，理解这个段落，要先搞懂一个冷知识，就是林冲为什么叫老婆‘大嫂’。我当时觉得这个孙老师真的好厉害，同时也觉得这个冷知识好厉害，于是喊她暂停一下，我拿手机录下音，录下来。”

小路给我听了段录音，是那个孙老师的声音：“古人叫老婆为‘大嫂’，往往是当着自己的弟弟面叫。随弟叫，表示对妻子的尊敬，也暗含自己配不上的意思。好了，你看这段话，这段话就是说高衙内要强奸林冲的妻子，林冲冲过去解救。但是到了门口，他先大喝一声，然后踹门进去。林冲提刀破门而入前，大叫一声‘大嫂！ 开门！’，是故意让高衙内有充分的时间逃走。你看，林冲这个英雄，多猥琐、懦弱，孬种一个。每读到这段，我就一声叹息：林冲，一颗老鼠屎，坏了《水浒》一锅汤，可惜了好好的一部硬核小说。”

录音还有，是表姐夫的声音。表姐夫的声音，多少年了，居然一点没变，低沉、慢条斯理的：“可是，林冲为什么不敢一刀杀了高衙内？ 高衙内是谁？ 高俅干儿子。高俅又是谁？官至太尉，手握兵权的。林冲呢，八十万禁军教头。高俅是林冲的顶头上司，得罪之前还是有所顾忌，何况高衙内还没有得手。另外，放今天来说，林冲至少是中产阶级吧，中产阶级最害怕地位变化、收入减少、生活质量下降，算了，忍一忍，大局为重。林冲是个既深谙人情世故，又忍辱负重的人。忍辱负重才是真正的硬核。”

“他们后面还讨论了很多。我没兴趣听了，就跑到卧室里，戴着耳机玩手机游戏。而他们，就一直站在原地，面对面地说话。我从来没有见过我爸如此能说，嘴皮子一直没停过。怕我爸说我玩手机，我悄悄把门关上了。应该就是这时候，我妈从手机监控里看到这一幕，客厅里，我爸和孙老师面对面说笑着。五分钟的开车时间，我妈冲上来，一脚踢开门。声音很大，我赶紧摘下耳机，拉开门。我妈认为这是抓了现场，一番大骂。我明白了他们争吵的事由。我给我妈解释，并拿出孙老师和我爸讨论的录音放给我妈听。我妈听完，似乎火更大了，指着我爸又是一通大骂，大意是人家——指孙老师——说得很好啊，林冲就是一孬种，你就是跟林冲一样的孬种，堂堂县长儿子，什么事情都是我在争取，什么事情都是我在出头，你还有脸说忍辱负重是硬核，你怎么不说自己不配做男人，不配活在这个世界上，搞火了我，老娘有天杀了你……”小路声音不知不觉地有点在模仿他妈，连他自己都发现有点不对劲，停了停，最后说，“从那以后，我爸开始独居，还爱上了喝酒，高度酒。‘双十一’的时候还叫我在淘宝上买酒，一买就是一箱。也是从那时候起，我妈和我爸的战争升级。我每次回来，都能闻到家里的火药味。”

小路爷爷在群里问小路到哪里了，回到县城没有。我默默地把小路推出了那个破败的家属楼。小路已是一米八的大小伙子，一年后将走进大学，开始新的生活。“走吧。马上开学了，加油读书哦。”我说。

我们一前一后出了门。锁门的时候，小路突然想起了什么，推开门，又进去了。很快，他出来了，手里拿着那本厚厚的《水浒》。

失眠的第三个夜晚

失眠之前，已经失眠两个晚上了，我。

真的有点蹊跷，这次为何连续失眠。这是以前从来没有出现过的事。换了以前，就是去年，这都是很惬意的事。老婆带着两个娃，还有保姆，回老家了。剩我一人，自由自在。晚上不用再给大女儿讲故事，早上不再被小儿子拉被子、吵醒。早上起来，不用做早餐，不是不用做，是不做。裤衩、拖鞋到楼下的“永和大王”吃个早餐，然后下车库开车，去公司干活儿。晚上呢，像一不小心啄开了笼子插销的鸟，奔向五光十色的酒色之地。若即若离又始终不离的老情人，是要会一会的，十里春风拂面，无论做什么，都像回到一见钟情的日子。老兄弟，也是要出来喝两杯的。当年习惯去的酒吧，早已倒下，酒吧变成了餐吧，然后变成了发型设计工作室，接着又改成美容美体，现今已是一个卖钢材、水管的建材店！我们只好一个酒吧一个酒吧地转，直到觉得气氛合适才坐下。老友聚会跟大学同学聚会是一样的，只有叙旧，尽情回忆在这座南方之城耗尽的青春，以及遭遇过的女人和爱情。

你看，仅这两样——老情人、老兄弟，就够爽了。可这次，却一反常态，似乎，都无法激起内心的波澜。在公司干完活儿，哪里也不想去，回到家，吃饭，上网，刷朋友圈，十一点洗澡，洗澡完躺在床上，看会儿手机，关灯。接着是翻来覆去，怎么也无法入睡。再打开手机，看篇文章，看部电影，时间一溜，到了凌晨两点，放下手机，拼命暗示自己早点睡觉，他妈的明天还有一堆的事呢，即使没事，半夜不睡，第二天肯定没精神，补觉也没用，病鬼似的。但就是不行，睡不着！

第二个晚上，躺在床上，我开始分析为什么。是想孩子了？毕竟分开两天了。有一些，又没那么想。昨天给老婆打视频电话，就是想看看两个娃，听听他们的声音。老婆没接。我也没继续坚持打下去。

肚子咕咕叫起来。凌晨两点了还没睡，加上收工收得早，晚饭吃得也早，饥饿感袭来，正常。要不要起来弄点啥吃的？冰箱里，保姆特意给我做了一锅酸菜鱼，用保鲜膜密封着，还没动过。想到酸菜鱼，肚子的“咕咕”声，瞬间变成了老式发动机的“空空空”，陈胜吴广农民起义一般。我的脚指头动了动，然后停止了：算了，吃什么吃，睡觉！

就是这一个小小的心理斗争，我突然得到了答案：这是老了的标志！

老情人不想约，老兄弟不想见，肚子饿了不想动，唯一一点想法是打个视频电话看看孩子，在我看来，这就是老了的标志！

这是一个重要发现。如果不是老婆孩子回老家，自己不会有此发现。真要感谢他们，让我有这么一个认识自己、发现自己的机会。一台机器总是机械地转动着，是不知道自己正在慢慢折旧的，除非它停下来。

当然，也要感谢失眠。尽管失眠确实难受。

我怎么会老了呢？今晚——第三个失眠之夜，我开始问自己这个愚蠢的问题。今年我四十有七，算老了吗？每天早上，依旧有晨勃，算老了吗？每年三月，参加城中最盛大的马拉松并且坚持跑完，算老了吗？公司里的小姑娘，有时候还试探我的年龄——我一张该死的娃娃脸，欺骗了很多人、很多年。答案在“是”和“好像不是”之间摇摆。这让我继续睡意全无，也让我苦恼。

我无法继续躺下去。肚子有股胀气，慢慢隆起，接着往上走，到两胸之间，逐渐形成“星星之火，可以燎原”的灼热感。我那久违的反流性食管炎来了。那个灼热感，又叫“烧心”，是胃酸倒流、进入食管所致。这个病，很多年了，一开始“烧心”频频，还以为是心脏的问题。这个病严重起来，是不能平躺的。

我坐起来，脚踩在地板上。点开手机，时间正好十一点。

这个时间点，让我想起解梅来。解梅是和我保持了至少十年之久的老朋友。是的，因为时间太久了，我不想用“老情人”这个词。老朋友，更显尊重，尊重她，尊重我自己，也尊重难得的时光。

我是单身时认识解梅的，在一个乱糟糟的 KTV 包厢里。其他男女都在摇骰子拼酒，手脚也放得很开，摸摸捏捏、搂搂抱抱的。金融圈似乎都这样，工作紧张，压力太大，一有放松机会就特别使劲。我特别讨厌摇骰子喝酒法，于是独自唱歌。我那时候突然喜欢上了达明一派的粤语歌，尤其是《石头记》这首歌。于是点开，轻轻唱起来。歌曲正要到高潮副歌，一个女声进来了，接着有人一屁股挤坐在我身边。这人就是解梅。她似乎带着一个热浪而至，压在我的后背上。“热浪”这种很奇妙的，甚至很迷离的感觉，多少年过去了，我还记得。她的声音很大，我干脆不唱了。她独自唱完，勾着头说，年轻仔，你还知道这个歌啊，来喝一杯！

我们就这样认识了，接着讨论达明一派，讲那些涉及社会、时事等话题的歌曲。渐渐，我的体内也形成一股热浪。两股热浪在吵闹的包房里碰撞、拉扯，我借着酒劲，拉着她出了包厢，绕过迷宫式的过道，在一个露台上和她热吻。我们回到包厢，先后假装有事先撤，然后在楼下会合，当晚就去了她的住所。她洗澡的时候，我偷看了她的身份证，其实她比我还小两岁。包厢里，她叫我“年轻仔”，我猜她是大姐大的做派惯了。

另外，她的包里还有一本崭新的红本本，一看，居然是离婚证。我一直以为离婚证是绿色的，没想到跟结婚证一样，红色的。当天，她刚离婚。

而后的很多年，我们都心照不宣地约会。后来约会都省了，直接办男女之事。双方从来不问对方最近如何，结婚没有，孩子多大，生意如何，就是直接办事。办完事就聊当天的热点话题：欧洲难民、希腊债务危机、亚投行、金砖银行、世界杯、飞机失事、博鳌亚洲论坛、达沃斯论坛，等等。每一次，走出酒店，不管是烈日当头，还是滂沱大雨，都会有一种眩晕的感觉。不是头眩晕，是灵魂眩晕。

我已经很久没有联系过解梅了，至少也有两年了。

我心中冒出一个问题：她会不会死了！

经济发展进入“L”形态，金融业大姐大资金链断裂，最后天台上见，这个推理不是没有可能。

强烈的念头促使我搜出她的微信，发出两个字：在吗？

这两个字，既是问题，也是我们过往多年要约见办事的暗号。

屏幕上的时间数字跳动着，十一点过五分了。

在呀！—— 两个字出现在微信对话框里。

熟悉的字，熟悉的回复，熟悉的热浪，熟悉的解梅！

我去接你。

好，老地方。

我弹簧式地起身，翻衣服，穿裤子，找车钥匙，蹬上鞋，反手拉门，出去了。

“老地方”就是解梅小区正门口的7—11便利店。说明这位大姐大情况还可以，没有崩盘，住的还是CBD富人区。另外，应该依旧是单身一枚。

谢天谢地。世界一直在变。楼市在变，股市在变。楼下小笼包价格在变，国际关系在变。就是我们，始终没变。这是上天给予我和解梅这两个中年人最大的馈赠。中年人啥都不怕，就怕变化，难道不是吗？

心情愉悦，三十分钟的车程是那么轻快。松开油门，车徐徐落在灯火通亮的便利店前。早在等候的解梅绕到车尾，拉开车门，鳗鱼一样屁股先落座，然后双腿鱼尾巴一样，一摆就端正了，再车门一拉。

寒暄的口头禅都没变：可以啊，挺快的啊。

我把车开出正道，按约定俗成的步骤，接下来是我把车停路边，然后拿出手机订酒店。不知为何，这次我没有。

没有的原因，是看到解梅这次穿得非常庄重，跟上班似的——上身是黑色西装，里面是绸缎的白色立领衬衫，下身是黑色西裤，我斜着眼看到，鞋也是平底黑皮鞋，对了，包都是漆黑的。

办事的欲望被这一身黑给压住了。

接着听到解梅说：看你朋友圈了，阿姨应该八十了吧？

我瞬间明白了。她说的是我母亲去世的事。正好一个月前的事。对了，我发了朋友圈。

母亲其实没到八十，但我回答，嗯。

车始终没有停下来，我载着一身庄重的解梅，毫无目的地开在一条大路上。接近零点的城市依旧车流不息、熙熙攘攘，路灯甚至比任何一个时刻都亮。不知道为什么，我似乎对解梅一点兴趣也没有了，对，一点兴趣也没有了。

我想说服自己有兴趣。但似乎没有力气。

今天就是出来看看你，我请你喝点东西，咱们老朋友很多年了。我看着头顶上方的红灯，轻轻对解梅说。

解梅说，嗯。

红灯一过，旁边即是一个二十四小时开放的麦当劳。我把车停路边，给解梅拉开车门，我们一起进到店里。大半夜没啥好喝的，我买了两杯橙汁。

麦当劳暖色的灯光下，解梅脸色温和，但也看得出她这次基本上是素颜而出。解梅开启话头，说起了国际关系。我早几年就离开了证券业，转而做线上培训，对很多宏观经济大势不再关注，所以只有听的份儿。解梅像跟客户介绍产品一样，自言自语着。我感觉她第二天是有一堂百人以上的演讲，现在拿我当练习。

我一边微笑地“倾听”着，一边注意到身边的一桌人——应该是一对母子。母亲应该和我差不多年纪，孩子十四五岁的样子。天哪，孩子还在做卷子！大半夜在麦当劳里做题，做卷子！桌子上厚厚一沓卷子！母亲呢，呆呆地望着窗外的闪闪车流，跟个傻子似的。接着，又看到停下笔的孩子，也呆呆地望着窗外的闪闪车流，跟个呆子似的。

我为这对母子走神了。快零点了，他们为何还在麦当劳里做试卷？没有家吗？家里不更安静吗？No，看他们的穿着、带的包、带的水瓶、用的手机就知道，他们是这个城市典型的中产阶级。一定是孩子下午就和同学在麦当劳里写作业，结果没写完。没写完，怎么办，继续写！孩子继续写，母亲继续陪！一定是这样的。

我的大儿子刚上初一，这对母子的经历，迟早我也要走一遍。在这座新兴之城，中考比高考难。家有中考生，那是最煎熬的一件事。

我无心再听解梅纵论大势。撤吧，我说。

于是就撤了。我送解梅回她的小区。

车里，解梅解开了西装，胸前两团鼓鼓囊囊顶着丝绸面料的衬衫，跟棉花糖一样。我无法解读她这个微小动作的用意。是希望把事办下去，还是只是热了。

我撇头这么问了一句：今天干吗穿这么正式？

解梅没有回答。

连过两个红绿灯，马上到解梅小区。我担心是不是我的声音太小，她没听到，于是又重复了一遍：

今天干吗穿这么正式？

问完，我面带微笑，偏过头去看她。

没想到，看到的却是泪流满面的她！

吓住我了！我连忙问，怎么了？

解梅说，我母亲也刚去世，一周以前。

我愣住了，把车停下。

解梅又说，生活开始变了，变难了。

说完，到了，解梅推开车门，下车了。我想把她叫住，安慰她一下，但后面的车一刻也不耐烦地按着喇叭，我只好把车开走了。

解梅的泪流满面，让我想起母亲。葬礼结束后，我一直不愿意回想母亲去世这件事。因为这件事，我失去的不仅是母亲。

一个月前，母亲突然倒在自己卧室的地板上，脑出血。当时，早上九点了，保姆发现怎么老人一直没有起来，就叫我三岁大的小儿子去叫奶奶起来吃早饭。小儿子推开房门，看见奶奶睡在地上，弓着身子，悄无声息。三岁大的孩子哪里分得清楚这是啥情况，还念起打油诗："小老鼠，上灯台，偷油吃，下不来，叫妈妈，妈妈不在，叽里咕噜滚下来。"唱完就拉奶奶，拉不动，又唱："拔萝卜拔萝卜。嘿哟嘿哟，拔萝卜，嘿哟嘿哟，拔不动。""拔"不动，这回着急了，保姆也进来了，看到这一幕，赶紧打我电话。我一边打120，一边赶回家。赶回家路上，我在手机上点开了家里的监控。这个监控，专门安装在母亲房里。手机屏幕上看到母亲穿着一身白色睡衣，蜷在地上，蚕宝宝一样。保姆立在一边，像棵树一样，不知所措。

母亲是老家省队的篮球运动员，一米七八的个头，三十五岁退役后，进了省体委。没工作几年，开始有高血压，一直吃药。六十岁，正是退休那年，有天提着两袋米从超市回来，一到家，突然发现呼吸困难，上气不接下气，幸亏楼下就是医院，父亲把母亲扶出小区，叫路边卖甘蔗的人把母亲背进了急诊科，一检查，结论是尿毒症。从此母亲开始漫长的血透之路——把身体里的血液抽出来，在机器里过滤干净，再放回体内。一开始每周透析两次，慢慢地变成两次半，有时候甚至三次，隔一天透一次。幸亏，血透很快纳入医保，不然父母那点退休金全要卷在那台每次无声无息运转三四个小时的透析机里。

尿毒症最好的办法是换肾，但肾源紧张。合法的肾源，以及轮到你的可能性，微乎其微。轮到你，还不一定匹配。同时手术并发症是一定存在的。母亲跟绝大部分病友一样，选择了烦琐到习惯成自然的定期透析。

我到家，救护车也到了。母亲有呼吸，但不省人事。救护车里，医生给母亲挂上吊瓶，给医院打电话。我听清楚了两个关键词：脑创、双瞳孔放大。

人进了急诊室，我唯一能做的事就是等待。三个小时后，我等到的结果是两句话：太晚了，没抢救过来。

头一天晚上还好好的人，就这样，没了，连句告别的话都没有机会说。

接下来是我和妹妹料理后事。我负责殡仪馆的一摊手续。妹妹负责通知在乡下的舅舅。

舅舅、两个表弟，正好一辆车，也是一路高速，火速赶到。当时，母亲还在病床上，妹妹和老婆正在给母亲抹身子、穿衣服。看到母亲，舅舅突然数落我们起来：人走得为什么这么突然，你们做崽女的，怎么搞的！话讲得很大声，仿佛是我们害了母亲。

舅舅还说，你让我妹妹客死他乡，我不准！

我一直都理解舅舅的表现，因为他和母亲感情要好，而且小时候母亲在河里洗澡差点淹死，是他看到了跳进旋涡里救出来母亲。舅舅应该是觉得，这是我用命救出来的人，怎么到了你手里说没就没了。

总之，后面的事一发不可收拾。舅舅要背着母亲的遗体回山里。他像一个疯子一样，坚持要做这个事，要回山里做三天五夜的道场。动静闹得很大，医院最后叫来了保安。但舅舅视保安而不顾，依旧要抢夺遗体。我早已疲惫不堪，大叫一声：舅舅你再搞，我就报警了，这是我老娘，跟你没关系；你再搞，你也不是我舅舅，我也不是你外甥。

舅舅愣了一下，“啪”的一声，给了我一巴掌。打完，他走了，头撞到玻璃门上。我恶狠狠地说：滚！

一切都太突然了。母亲突然地离去，舅甥之间突然起冲突。舅舅不仅救了母亲，也给过我和妹妹很多温暖记忆。小时候每到寒暑假，我和妹妹都是在舅舅家度过的，好吃好玩的，永远是我和妹妹先，表弟表妹后。至今，舅舅依旧不接我电话，固定电话打过去，听到我声音就扣上。这场面，让我无奈，更多的则是难过，丢了东西的那种难过。

就在这时，手机亮了，是一条微信信息。

我滑开，是解梅的：

你也变了。我们以后不联系了。

我想了很久，不知道该怎么回复。最后想到的是一个微笑的表情。

表情发过去，却显示解梅已经把我删除了。

我踩油门，返回家去。路中，到加油站加了一次油。等待过程中，突然想起人生中的另外一位老朋友，老段。老段家就在加油站旁边的公务员小区里。

老段爱说，我们是忘年交。其实算不上。他比我大个半轮而已。他今年应该是五十二三了。我大学毕业第一份工作是公务员，单位是区里的发改局。我当小科员时，老段是科长了，办公室主任。有一天，我们科要派车外出调研，需要去办公室填单。副主任不在，老段接待了我。老段说，你们这批大学生不是学经济的，就是学法律的，不好玩。我接话说，你觉得什么好玩？老段回，我喜欢学文学或者哲学的。为了和办公室主任搞好关系，我套近乎说，我也喜欢文学和哲学。老段斜着眼问，是吗，你喜欢哪个作家？我说，俄罗斯的陀思妥耶夫斯基。老段接话，可以啊，我也喜欢，我还喜欢鲁迅评价陀思妥耶夫斯基的一句话：拷问真实下面的虚伪，拷问虚伪下面的真实。我喜欢陀思妥耶夫斯基是真的，自然继续接话，鲁迅看得确实准，认识到人虚伪不难，难的是虚伪下面你真正想要的是什么。

就那个上午，我和老段聊出了火花。他是军转干部，但读书之多、涉猎之广，出乎意料。跟我第一次和解梅一样，我和老段也是一见钟情、一拍即合，当天中午，他就请我下了馆子，继续聊陀思妥耶夫斯基。

后面很快我离开了政府大院，辞职进了证券公司赚快钱去了。但我们交往甚密，至少有五年时间，隔不了一天两天，我们都会在一个固定的酒吧或者茶馆见面。在酒吧里，主要是看美女。在茶馆里，主要是吹牛。后来，他二婚生子，见面次数少了，但依然保持在一月一次，有时候甚至到他家吃饭。他妻子是一个非常贤惠的潮汕女人，在一家国企里做财务。这样的频率又保持了五年左右，然后轮到我结婚生女，以及二胎，才疏于来往。

我们之所以能保持如此密切的关系，后来我发现主要原因也就一点：我们永远不聊单位的人和事，不是刻意避开，而是就觉得那些东西对于我俩来说，太不像个事，轻如鸿毛。

两年前，听前同事讲起他的事：贪腐。贪的数字放在一线城市，不算大，但也不算小。好在有人一举报，他收到风声后，当晚就主动找纪委，供认不讳，并交出所有财产，最后得到的处分是开除公职。本来以为事情就这么结局了，接下来是老段自由安排自己的后半生。没想到，老段用了一年时间举报当年举报他的人，即自己的顶头上司，一个上任不久的副局长。只要屁股不干净，办公室主任要收集副局长的证据，不会太难。结果是，他扳倒了这个副局长。

遗憾的是，纪委网站挂出这个副局长的处罚决定后，老段住院了。我猜他是心累着了。有点像我刚开始跑马拉松，毫无技巧，完全是凭着一口气坚持到终点，一到终点就想长久地歇它几个小时。他在医院里待了足足半年。中间待到一半，他妻子电话我，叫有空来看看段大哥。我立即赶去医院，在病房里我明白了嫂子为何叫我过去。老段变了，不再是过去的军人作风，而是啰唆，爱抱怨，易怒。说话的时候，他是紧握拳头的。我们失去了交流的乐趣。

病房出来，就再也没联系了。

加好油，我看了下时间，十二点四十了。我绕到老段那个小区围墙外的小路上。黑暗中，把车停下来。老段的房子就紧靠围墙，且是二楼。有几年，我们出去玩，那时我也有车了，每次我就是这样，把车停在围墙外路边，然后大吼一句：老段！老段冒个头出来，冲我挥挥手。

那个窗户还亮着。光亮透过淡黄色的窗帘，像打散了的蛋黄。我打开手机看看老段的朋友圈，发现他设置了仅可看到半年内的内容。可是，半年内的内容也是一片空白。强烈的念头再次涌现出来：

老段会不会死了？

我拿手机的手有点发颤。我该怎么办？给他发个信息？还是直接打个电话？

迟疑之间，我摇下了车窗玻璃，几乎不假思索地喊了一声：

老段！

窗户上那团打散了的“蛋黄”沉默着，纹丝不动。我等了一会儿，只好启动车子。突然，一道光洒下来，窗帘撩开了！人影没看清，声音先下来：

大半夜的，搞什么鬼！

我赶紧回应：

这不是老段的家吗，老段不住这里了？

早不住了！

搬哪里去了？

不知道！

窗帘拉上了，不一会儿，灯也黑了。

我果断掉头走了。我与老段，老段与我，都太久没有联系了，似乎互相也不需要了。我也不想发信息问他搬哪里了。这次深夜喊一声“老段”，就算是最后一句问候吧。

我几乎是飙着车回的家。一切的一切都被我的速度甩在身后。

遗憾的是，反流性食管炎依旧没有舒缓，阵阵“烧心”带来的不适令我无法入睡。在客厅踱步的时候，我猛地想起母亲卧室里的铁床是可以升降的。而缓解反流性食管炎的一招就是让床头整体抬高十到十五厘米，减轻胃酸倒流。

我摇动铁床，躺了上去。科学得到了验证，几分钟后，身体里的烧灼感逐渐平息。我又舒服地躺了一会儿，肚子终于安静下来。床头床尾不一样高，终究还是不习惯，我甚至担心溜下来。起身把床放平。放平后，我在床沿上坐了坐。母亲在的时候，她也经常是在床沿上坐着，有时候我在客厅里，倚在房门边，有时候也坐在床沿上，和她有一句没一句地讲话。母亲讲话声总是很大，我经常调侃她：

你讲那么大声搞什么？跟篮球场上打球一样。

回想这些，我自己差点笑出声来，接着泪水无声落下来，总觉得母亲还在。于是我在床沿上坐了很久很久，直到坐累了。我倒头睡在母亲经常睡的那一边。

嗯，这一次，我是真的要睡了。

堡垒

搬进深海大厦，是八月底那个周六，上午。我一个车，璐丹一个车。她的车是JEEP越野车，后排座可以平倒放下，最后一批家什塞了进去。我这个车，老奥迪A6，岳父坐副驾驶，岳母在后座教儿子古诗，一寸光阴一寸金，寸金难买寸光阴。五岁儿子咿咿呀呀跟念着。岳父歪过头去说，现在是寸金难买寸新家喽。我笑着看了一眼岳父，岳父也笑着看了一眼我。我提高声调说，再坚持一会儿，马上到了。

一路上的街景，尽显罗湖老区的风貌，深圳早年的市中心，街道不宽，但两边的榕树很大，根须都伸到马路上了，还不管不顾要继续的样子。它们的枝叶早已交叉在一起，形成一道天然的绿拱门，下雨天走在路上问题也不大，不会淋湿。两边小区里也是绿树成荫，除了榕树，还有深圳标志性的棕榈树。那些矮一点的，一丛丛的，则是荔枝树。绿林之间，那些六七层楼的旧房子相反成了点缀，显得矮，土墩子似的。都是八十年代的小区了。

深海大厦到了，导航却告知停车位紧张，提示前往附近停车场。一大早就车位紧张，岳父惊讶着，伸长脖子往小区里望。我没管那么多，把车开了进去。璐丹跟在后面。导航没骗人，确实转了几圈也没找到停车位。有几次我试着停进空当里，但皆是徒劳，空当太小车太大，中间一次倒车差点蹭到别的车，那可是一辆亮汪汪的宝马X5啊。我一头汗。接着想起两个礼拜前，搬家公司工人们甩着手告诉我，以后再接你这个深海大厦的活儿要谨慎，车开不进来小区，要停路边，鬼赶忙似的卸货，不然被交警抓到，违停罚款两千，不仅白干还要倒贴哩。

我让岳父岳母、儿子先下车，我去外面停好车再走过来。三人下了车，我隐约听到儿子“啊呀”叫了一声。没细问，把车开了出去。璐丹也跟了出来。我给璐丹发微信语音，导航提示，对面沃尔玛。

导航再次显示它的正确。停好车，一人手提了点急用家什，出沃尔玛，右拐，路口，等红绿灯，过马路，左拐到小区停车出入口。我掐了下表，一刻钟。往后，这一天有半小时就耗在停车场和小区之间了。半小时，够我和璐丹备一堂课了。

儿子在闹别扭。儿子闹别扭的标志性动作是跺脚，不停地跺脚。岳母说，他要回家。我说，回哪个家？儿子说，看，我的鞋，我的裤子。我一看，鞋子、裤子斜斜的一道“黑线”，再一看旁边，几块地砖裂成不像样子，缺角的地方黑乎乎的，那是污水。他自己下车不小心，踩到烂砖头了。岳父说，男子汉溅了一点脏水又怎么了。儿子继续跺脚，不，我不，我要回家。

回哪个家？那个家是别人的了。现在这里就是我们的家。我拽起儿子，走。璐丹在后面推着。

深海大厦就AB两栋，一栋一个单元，抬头一望，瘦高瘦高的，窗户都不大，黑黝黝的，乍一看像个堡垒，一副冷酷傲娇的模样。我们是A栋601，最高一层。我来过几次了，熟，走在前面。一楼有门禁，但形同虚设，坏了，一拉就开。楼道有点暗，我大力地蹬着台阶，好让跟在后面的岳父岳母放心，大胆走，安全着呢。或许是大家太久没爬楼了，中间我们歇了一次。等终于到了六楼，岳母说，筒子楼，多少年没见了。岳母像是对岳父说的，又有点像是对我说的。

姥姥，什么叫筒子楼？儿子问。

岳父说，这就叫筒子楼。当年只有干部职工才能住呢。

这就是干部职工的房子。深海大厦，深圳海洋渔业公司，国企，一九八八年分给干部职工的房子。我一边用力地扭开防盗门，一边跟岳父说。

那还不错，房子没开裂，墙体维护得不错。进了屋，岳父拍了拍门框边的墙。谁知一拍掉一块灰，哗哗往下落。禁不起夸啊，呵呵。岳父幽默了一句。岳母则轻轻拉了一下岳父，灰还在掉呢。

掉落的灰，没有影响到儿子，因为他看到了墙角里的玩具。三个大透明收纳箱里，全是他的玩具。他挑了堆在上面的奥特曼，一个赛罗，一个迪迦，嘴里嘟嘟囔囔着各种台词，自己玩了起来。

和三箱玩具并排在一起的，是一墙角的“书包”。我和璐丹的六千本书，打了三十几个包。这件事足足耗费了我一周多的时间。一本一本地把它们取下，擦一擦，抹一抹，翻一翻，看一看。璐丹的机电专业书，我的建筑专业书，还有文史哲、音乐、电影、画册，陀思妥耶夫斯基、卡夫卡、张岱《夜航船》、《爱乐》杂志、法国新浪潮、《世界美术名作二十讲》，等等。从被暖黄灯光照耀着的橡木书架上拿下，然后放进不同的纸皮箱子里，书儿们整整齐齐，干干净净。箱子盖上，唰的一声，一条手掌宽的胶带封实严密。可再怎么小心，它们都有点像被打入冷宫的妃子，没有白天，只有黑夜。什么时候出来，全看主人心情。可主人我没心情哪，让一包一包地撕开封条，去翻找一本书，我觉得好累。我不如直接到网上再下单买一本。把它们摆进墙上书架，是不能的，房子太小，放不下，也没那心情。

就在我为书出神的时候，儿子那边正在呼哧呼哧地生气着。我的玩具！他的小手伸进箱子里，掏啊掏的。我的奥特曼！他边掏边叫。璐丹从卧室里跑出来，帮他把上面的玩具，一个一个地拿出来，然后拿出最底层的奥特曼。我要把玩具摆起来，我不要它们放在箱子里。儿子跺着脚说。你当家里是地摊啊。璐丹回了儿子一句。儿子坚持要摆，被璐丹果断阻止。儿子又跺脚。我用余光看到岳父、岳母坐在沙发上有心无力的样子，嘴里劝着，听话哦，乖。

只能是我去哄孩子。一个玩具掉在墙角，我捡起来。起身的时候，我看到一块墙根裸露着，黄色的沙粒，青色的石子，还有小小白色的贝壳。我叫儿子，过来，看，神奇的东西。儿子走了过来。我抠出一个小贝壳给他，看到没，哇，海洋生物化石。儿子捏着贝壳觉得稀奇，贝壳怎么上墙了呢？他还问我，晚上会有鲨鱼吗？我说，有可能，所以不能跺脚，不然会引出鲨鱼。

儿子安定了，万事大吉。担心儿子继续对“海洋生物化石”感兴趣而去抠墙，我把他抱上床，让他继续玩奥特曼。我耐着性子陪他玩了几分钟。怪兽来了！我把他扳倒，胳肢痒痒。儿子身子扭成麻花，闪躲尖叫。叫着叫着，儿子喊道，爸爸爸爸，眼睛，眼睛。他指向天花板。天花板掉了一块墙皮，可那块墙皮偏偏是一个眼睛的形状。露出来的黑色水泥板，就成了眼珠。天哪，仿佛有眼睛正在盯着我。

大惊小怪，分明是一条可爱的小鱼儿。我把儿子抱起。儿子坚持说，哪有这么黑的小鱼儿。

这时候，岳父在喊了，小不点，我们出门喽，逛超市去喽，去不去？儿子奔了出去。我坐起来，看到木门合上。累了，我躺平了。

可怎么也睡不着。天花板上的“眼睛”仿佛在问，你，怎么来了？

到底是怎么打脸的，回忆起来，似乎没有一个准确的答案。追根溯源，金导可能算第一个线索。

金导是璐丹的中学同学，全名叫金吾刚，是个挺有名的纪录片导演。三年前，春天，他从北京来我们理工大学搞讲座，分享他刚刚获国际大奖的纪录片《房事中国》。我们去看了。此“房事”非彼“房事”，片子讲房子的事，准确点说，学区房的事。不同阶层，不同故事。开头的第一个故事讲，有个家长，有一天发现自己双胞胎姐姐的小孩会说一口流利的西班牙语，她受刺激了，一定要自己的孩子也上名校，因为在她们那个小城只有名校才会有小语种的教学。还有个家长，孩子上的是普通小学，以全校第一名考上重点中学，一个学期下来却发现那些来自重点小学的孩子，随便学学，成绩都比自己孩子高出一大截，为此他得出结论：小学决定中学，中学决定大学，大学决定工作，工作决定工资，工资决定以后能否供得起学区房。我一边看一边发冷笑，唉。璐丹也是轻轻摇头，唉。

讲座结束后，金导的一个同学，当然也是璐丹的同学，安排了一个饭局，地点就在学校旁边一个新开的综合体，精品潮州菜。大家都是好多年没见的中学同窗，终于凑一起了，璐丹没有不参加的理由。作为家属，我也不好走，列席了。呼啦啦十几个人，一介绍，都是在深圳混得很好的人，律师、老板、公务员、工程师，等等。介绍完，大家开始讲学区房。他们买学区房跟到菜市场买白菜没两样。律师讲，昨天刚刚签的合同，十一万一平，朝向、户型都没看，学位确定在就行了，反正以后也不会真住。老板说，买了就是赚，我那学位一用完，转手一卖，涨了三百万。公务员说，时代真是变了，学历不值钱，学区房值钱。工程师接下话题，买学区房是为了让孩子考上清华北大，可是读了清华北大也买不起学区房，那干吗还要买学区房？这个问题一下子把人家问住了，人家没有了声响。璐丹轻轻问了一句工程师，那你买了没有？工程师说，也是昨天签的合同。气氛瞬间炸开，大家又活了过来，开始敬酒。工程师向身边的公务员小声地传授着买学区房如何提防地产中介吃差价。公务员担心自己记不住，还拿出手机录音下来，第一条注意，第二条注意…… 金导基本上没怎么说话，谁发言大声就扭头看谁，然后专心听着，似乎他的眼睛里镶有镜头，正悄无声息记录着呢。

那晚回到家已经十一点了，听了一个晚上的学区房学区房，我们筋疲力尽。沙发里，璐丹歪着身子说，再也不参加同学饭局，绝对不顾忌任何面子问题，无聊。手机没电了，我接上充电器，说，同意，璐丹教授。

可不到一个月后，璐丹又一次参加了同学聚会，我也去了。由头依旧是北京金导。

话说金导在我们理工大学讲座后，不知怎的就攀上了一层神秘关系，被纳入新开发区里的文化名人引进计划，简直是神速。工作室就安在我们大学一墙之隔的艺术创意园里。有个揭牌仪式，邀请名单上有我和璐丹。等于是家门口的活动，不好推，于是去了。

艺术家的活动总是别出心裁。揭牌变成了展览，“记录中国进行时，反思社会转型期 —— 金吾刚电影海报展”，金导二十多年来孜孜不倦的追求，全挂在墙上。冷餐，红酒，电子乐，各路时尚人士。面熟的律师、老板、公务员、工程师依旧扎堆在一起，繁忙交流着。我和璐丹端着高脚杯向金导祝贺。金导眼睛不再像上次那样镶了镜头似的聚精会神，而是像装了舞厅旋转彩灯一样，三百六十度放光。

来，来，来，告诉你们，我最近干了一件大事。他示意我们到门外说。

啥大事？璐丹歪着头问。

我刚买了个学区房。

我和璐丹没有反应过来。金导硕大的红酒杯叮叮碰过来，哈哈说道，反思归反思，现实是现实，该买还是要买。

没等我们回应，金导被人拉走了。天空突然降下蚕豆大的雨点，噼噼啪啪，噼噼啪啪，把我们赶回室内。璐丹一个趔趄，差点把酒洒在一位女士身上。室外的人都涌进展厅，空间变得局促。发胶、香水、食物、酒、宠物的气味混杂着，让人烦躁。金导开始他的分享。人缝中，我居然发现他上边的嘴里居然还镶了一颗大金牙！这金牙和他眼里的三百六十度放光，互相辉映，又各有各的精彩。璐丹与我对视了一下。我们挤出人群，跑进雨里，逃了。

记得很清楚，金导工作室春天揭的牌，璐丹表妹同年夏天暑假来的深圳。还是我在网上订的民宿，一栋三层面朝大海的小别墅，周末价，超贵。以前岳母讲过，这个表妹和璐丹是同年同月同日生，不过晚了两小时，小时候外婆喂饭，都是一个勺子你一口我一口，比亲姐妹还亲。表妹刚回国，准确点说是随丈夫回国创业。之前他们是在德国，回来后在北京。

表妹是带着女儿来的。叫贝贝，一个嗓门大、胳膊粗的假小子，比我们儿子还大一岁。两人在院子里玩沙子玩得不亦乐乎。我们几个大人坐在太阳伞下，有一搭没一搭地聊天。话题很自然就扯到孩子身上。

表妹问我们，深圳学区房啥价位？

璐丹说，大概十来万一平吧。

什么叫大概，你们没买学区房？表妹先看璐丹，然后又看我。

我摇头。

你们买得起吧？表妹把“吧”字拖得很长，接着一拍椅子扶手，怎么不买呢！

接下来就是表妹的各种慷慨激昂，真觉得她不当演讲家实在是太亏了：你去最贵的小学门口看看，看看那些家长啥样？北京，海淀妈妈、西城妈妈，你以为人家都是暴发户，No，大部分至少都是985、211，清华北大博士也不少见；网上买件衣服都会对比下价格，这么聪明的一群人，你觉得他们对动辄千万的学区房没有全方位思考过吗？买学区房，就是买一个信仰，买一个阶层过滤器，用真金白银投票，让愿意为教育投资、关注孩子学习的家长们聚集在一起，让孩子聚集在一起，给他们一个确定性。

璐丹若有所思。岳父岳母也若有所思，想点头又没点头。我有点左右不是，看两个孩子满身沙子跑进屋里，我追了进去。他们渴了，嘴对着吸管，喝着还没喝完的冰椰子。我上到三楼楼顶，看到眼皮底下的人山人海。海面飞过摩托艇，天上挂着热气球，源源不断的游客，兜售商品的小贩，人声鼎沸，让人心烦。站了有一会儿，再下到一楼，璐丹和表妹的话题交流依旧没完。幸好儿子叫我，他们到后院玩起了木头人游戏。

暑假过完一开学，又发生了一些事，让我和璐丹忙碌了些日子。

先是我去查了食管。有几天，吃饭总噎着，感觉一坨米饭卡在胸间下不去，非得要喝口水才消掉。把米饭嚼碎了，恨不得把麦芽糖都嚼出来了，再吞下去，阻隔感依旧。没水相伴，绝对不行。每次噎着，我就走到阳台上，远方可以看到黑了下来的城市。我想起母亲和母亲的病情。她是得食管癌走的。一个肿瘤挂在管壁上，一点点变大，让食管越来越狭窄。确诊那天，从胸外科走出来，透过人民医院十八楼的窗口看出去，正好也是黑了下来的城市。后来两年是治疗的日子，记忆里全是黑色。化疗与放疗的痛苦、无法进食的无奈，让母亲在病床上睡了一天又一天，往往醒来都是黑夜。我们听到她的动静，在黑暗中给她喂水。母亲最后的日子连眼白都黑了下去，她的体内已经没有一点营养一丝水分了，像棵老树，干了，枯了，黑了，倒了，没了。食管癌是有家族遗传的，我如此明显的症状，怎能不忧？我点着胸口中段，告诉璐丹，就是这个位置。璐丹打开我手机，让我马上预约挂号。第二天到了医院，医生眼皮都没抬，开了检查单，电子胃镜加钡餐造影。网上查询得知，这两项一起查，结果是最准确的。单开了，得一周后才能轮上。

就在我等候做检查的时候，璐丹遭遇了职场“暴力”。看她连着几天回到家闷闷不乐，一问才知道是工作的事。我是土木工程系，她是机电系。她有一个课题，我不大懂，大约是讲水下机器人的，申报省级课题成功了，接着要往国家一级申报，成功机会很大。就在这时，系副主任要插上一腿，要把她加到带头人名单里。辛苦的是自己，摘果子的却是别人，搁谁谁都不爽。可这副主任用的招让人难以架住，她一方面强势地说自己从一开始就参与这个项目，主持、开会、审议，这都是工作；另一方面暗示璐丹，当初调进系里她第一个签字，然后才有院系讨论的可能；最后卖惨，说自己马上退休，就差一个国家级成果申报政府特殊津贴，等等。我说，这种事要怼回去，要坚持原则。璐丹问，不想想以后？我没回答，骂了句：这人真不要脸。

不知道璐丹是怎么消化这件事的，我没问，也不想多问。我去了医院，在全身麻醉中做了胃镜，吞服大量钡餐做了造影。又一周后，拿到结果。结果说，一切正常。看到报告单，我飞速到小卖部买了一个面包，咬了一口，嚼、咽、体会。咦，好像没那么卡了。但又好像食管里还是有一点异样感觉。我又买了瓶水，喝下，这回食管才感觉真正的通畅无阻。这让人疑惑。璐丹说我是心理作用，别多想，定期检查就是。我轻松应着，好吧，这事过去了。我没有告诉璐丹的是，第二天，我又去另外一家三甲医院预了约，挂了号，开了单，检了查，折腾了一个月，最后拿到一模一样的报告。医院卫生间的大镜子前，四下无人，我试着给自己绽放一个灿烂的笑容，始终没成功，怎么笑都带着苦涩。

那天回到家，看得出来，璐丹也是怎么笑都带着苦涩。原来，她们的课题第一轮专家论证顺利通过了，后面的论证大概率没问题。璐丹开了一支波尔多，我高举着圆胖宽大的高脚杯，祝贺璐丹。璐丹一口酒含在嘴里很久才吞下，好像是承认了某件事。我猜是承认了他们系主任加塞的事。我没问，璐丹也没提，反而谈到另外一件事：人工智能写论文。北密歇根大学有学生用人工智能软件写论文，居然骗过了教授，得了 A。璐丹说，传回这消息的，是他们的一个交换留学生，目前美国很多大学已经明令禁止使用人工智能做题、写论文。我当然早有耳闻。我摇着头说，这事按理说是好事，人工智能采集大数据，经过快速处理，为人类服务，但对于我们做研究的来说，确实不友好，以后人人都可以写出有模有样的学术论文，等于我们这么多年的积累、经验都白费了。看我有些沮丧，璐丹突然来了兴致，举起玻璃杯狠狠地“叮”了我一下说，还想待在高校一辈子，做梦喽，时刻准备失业吧，大教授。

跟以上很多事都是突然发生一样，决定买学区房也很突然。

终于到了一个夜里，一个似乎毫无征兆又似乎酝酿了很久的夜里。被窝里，璐丹手轻轻环过来，在我耳边说，马上大班了，儿子会不会输在起跑线上？

输在起跑线上？这句世界上最恶俗、最市井的话，居然从璐丹嘴里说出来！璐丹，北大的本科、硕士，斯坦福的博士啊！斯坦福啊，Stanford University！

我没有转头。我不愿看到璐丹的脸。璐丹的脸一定很难看，那都不是她的脸，那是菜市场小市民的脸，我想。

知道你说什么。冷静下，再想想。我说。

璐丹手放开了。她躺平了，不再作声。

出乎意料的是，后面几天，我无法冷静。焦躁，翻来覆去的焦躁。只要一独处，就感觉眼前有块幕布挂下来，故事一幕一幕，循环播放：大学，阶梯教室，英语课。老师两片薄薄的嘴唇波浪式地翻卷着，一串串英文从嘴角边泉水一样汩汩流出。他用眼神提问缩在角落里的一个瘦弱男生。男生埋着的头慢慢抬起，先是看了一眼老师。老师点头确认。男生艰难地前倾身子，用手臂支撑着桌面，弓背起身。凳子木腿摩擦着水泥地向后退去，发出低沉沙哑的声音，像农村里某个不愿远嫁他乡的女儿正苦苦哀求自己的亲生父母。同学们都在等待，真可谓屏住呼吸、万籁俱寂。男生感觉脑子里有一万只蚂蚁，魂魄早已被它们搬空，唯有躯体是那么沉重，刚从水里捞出来一般。老师的眼神皮球一样又投过来了。男生这才镇静下来，吞吐中说了一个词：sorry。老师微笑，示意坐下。可刚一坐下，老师又叫了，You，起来，回答问题！

男生是我。这是我的恐怖记忆，多少年了，阴魂不散。我做卷子很厉害，但我是哑巴英语。高中，我们整个班都是哑巴英语。老师师专毕业，自己发音都很蹩脚，学校也不重视。大一大二，我没日没夜地练习口语。周末，同学打球、恋爱，我跑到别的大学参加“英语角”。到了大三，我想测试下成果，但机会总是很少，英语老师习惯了我是一个只会说sorry的人。他不再提问我了。

这是不是起跑线的问题？当然是。我是一个曾经输在起跑线上的人，满嘴 sorry，满脑不堪回忆。

几天后，夜里，我不停地摆弄着枕头，躺下来，过了很久，轻轻说，那意味着我们要去市区住，上班路途蛮远。

璐丹也是停了很久，然后又把手搭过来，说，是有点远。

明天去转转。

嗯。

所谓“转转”基本上就是要行动了。这一点，我和璐丹是高度默契的。啰唆、犹豫，不是我们的性格。

深圳的名校就那几所，而且都在一个片区。其实根本不用去看，现在什么信息网上都有。但我们开车去了，一路上不说话，像是各自在心里完成某个仪式。这个仪式大概就是原谅自己当初的想法，坦然接受现在新的决定。

到了，问了三家中介，大致行情了然于心。首付多少、月供多少，我们家底多少，能选择的房子有几家，啪啪直接锁定目标。第二天，约出房东，房产证验了，是真的，产权也明晰。那就定了！后面一个月，过户，按揭各种手续，终于办完，拿到钥匙。一千零五十万买个破房子！建筑面积六十九点五平方米，单价十五万一平方米！

破房子，既买之，则住之，安之。

每天早上六点半是必须要出门的，再晚十分钟，就一定会堵在出城的快速路上。一旦堵上，一个小时十五分钟的车程会变成光棍烧砖 —— 遥遥无期（窑窑无妻）。理工大学在新开发区。深圳没地了，新的大学、新的总部企业基地都堆在过去鸟不拉屎、现在光鲜亮丽的新开发区。有时候我和璐丹开一辆车，但大部分时间是各开各的车，她是机电系，我是土木工程系，各有各的事，各有各的安排。经常地，回到家已经八九点甚至更晚，儿子都睡了。我把岳母热在锅里的饭菜端出来，一个人窸窸窣窣吃完，再把饭菜热回去。妻子回来了，重复我的动作，端菜，一个人窸窸窣窣。有个晚上，我靠在墙上说，我们两个像老鼠。

说曹操曹操到，当晚就发现了老鼠。在厨房，两只。肥硕，毛色发亮且层次分明。我去洗碗，一开灯，差点一脚踩到。老鼠大胆，蹿出去后，居然匍匐在墙角里，吱吱叫着，还互相蹭来蹭去、卿卿我我。我打起炉火，火苗呼呼升起，它们才抱头逃窜，厨房、卫生间、阳台，路线清晰，熟门熟路。第二天晚上，我告诉璐丹老鼠的事，她第一句话是以后还是别让儿子一个人睡小床，这破房子到处是洞，保不齐两只老鼠又跑到家里秀恩爱，一不小心咬到儿子。儿子听完，啊的一声滚到了我们床上。

儿子滚到我们床上的那个晚上，璐丹又突然手环过来，先是安静了一会儿，然后在我耳边说，我们系在开始申报下个年度的课题了，你们系呢？

璐丹这一问，我瞬间感觉身子一沉，在往下坠，往无限的深渊里坠，最后被一大团一大团的黑暗压住，捂住，堵住！我艰难地侧了个身，背对着她。我不说话，长久不说话。后来感觉到璐丹也侧过身去了，我再睡正了。糊突突的天花板像块黑板，我居然在上面“演算”起来。演算啥？演算房贷六百多万，月供五万多，而我和璐丹每月收入加起来也就是七万多八万不到。生活支出、教育支出、保险支出、其他支出……越算越清醒，毫无睡意。我悄悄摸起来，出客厅喝水。呜呜，两只大老鼠正在我的书堆里躲猫猫呢，吱吱吱，吱吱吱，毫无回避的意思。我在沙发上躺了一会儿，发现扶手上有个文件夹，打开一看，是璐丹系里的课题申请表，横横竖竖的表格，好几张纸。璐丹娟秀的字体填满了一页，后面的还空着。我轻轻合上，又躺了一会儿。该死的老鼠还在吱吱吱、吱吱吱，我抄起文件夹狠狠砸去，你他妈的！

文件夹落地的声音很大，我赶紧跑过去捡。卧室里居然传出璐丹的声音，怎么了？我说，儿子的绘本不小心碰掉了。

我返回卧室躺下，一动不动假装已经安睡。璐丹那边也是一动不动。

第二天早上，我就到系里的 OA 系统下载了课题申请表。

我从来没填过这玩意儿，一直觉得不需要。虽然是理科生，但我看到表格就头大。璐丹也是一样的。我在斯坦福大学追到她，她答应我一起回国，我们就说过，好好教书，生活第一，家庭至上，什么烦人的申报统统不要，咱不去争那玩意儿。我们说到做到很多年，想不到还是没守住。

副系主任老孔看到我在填表，拿着眼睛问我，买学区房了？

他这问话蹊跷。他怎么知道我买学区房了？我没反问，回答了，嗯。

一边的沈教授耳朵灵，也歪过头看我桌上的表格，买了哪个片区，一小，实验，深附，求实？

另外两个同事伸出头往我这边看。后面一个同事，打着语音电话的，似乎也停了下来。我感觉他一定也在听我们聊天。我把钢笔一撂，声音大了起来，为了孩子，没办法啊，清高不得。

我没正面回答沈老师问题，但她却不停地朝我点着头，并说，有需要的时候，我再向你请教。

没问题，到时候我陪你。买学区房，不少坑呢。说完，我坐下，手握钢笔，却无力在表格上写下一个字。

无数次在天花板上演算各种数字中，房款、利率、按揭、

通胀 …… 日子一天一天度过。上班下班，路途漫漫，如唐僧师徒四人西天取经。璐丹回到家沙发上一瘫，嘴里咔咔吃着零食，永远是一副生不如死的样子。岳父岳母气喘吁吁爬上六楼，悄无声息地捶着老胳膊老腿。我晚上起来喝水，看到老鼠也懒得驱赶，爱护小动物从我做起。儿子也适应了新的幼儿园。幼儿园和那个一小，一墙之隔。房子的学位占的就是一小的名额。

这个一小牛啊，你外表看它的教学楼是那么老那么旧，连学校牌匾都掉了油漆，毫无色泽可言。可这学校，社会上流传最广的新闻是，每年学校招进来的新老师，不是清华就是北大，还博士。名校魅力，一览无余。

事情发生在“三八节”第二天。那天，岳父下楼扭着腰了，岳母陪他上医院，璐丹到广州开学术会议，接儿子放学任务落在我头上。我安排好事情，四点钟回到了深海大厦。换了运动服、球鞋，提早到了校门口。嗬，很多家长都早早到了。加上各种小汽车，那条小街可谓人山车海。家长们扎着堆，也不分是一小的家长还是幼儿园的家长，三三两两围在一起闲聊，打发时光。小街路边一站，大家都是自来熟，“你好你好”地打着招呼。

一个年纪和我相仿的中年男子说，你面生，很少见到，孩子是上幼儿园还是一小？

幼儿园。

大班，中班，小班？

大班。

我家老二也大班，没准儿是同学。

我没应。

他又问，买了这里的学区房？

我说，嗯，你呢？

我也买了，不过后悔了。

为什么？

他朝一小那边望了一下，又看了看手表，大概觉得孩子还没那么快出来。长叹一口气，他说了起来。

妈的，我们家那臭小子，去年进了一小，天天准时上学，没有迟到过一天，学校安排的活动也没落过一次，但成绩却非常一般，上个学期期末考试，语文92，数学89，英语91，其他我不记得了。这名校出来的学生，成绩怎么这么一点点？我问小孩，他跟我说，班里还有更差的呢。我说有多差？他伸出两个手掌，55分，数学！后来我一了解，学校也是扯淡，第一个学期之后，他们把学习好的学生和学习差的学生分出来，好学生放一个班，差学生放一个班。厉害的老师教好班，好上加好。差班就跑龙套、演配角，不出大问题就是了。你以为买了学区房就上了保险？不是的，学校把学生分成三六九等，还美其名曰科学管理。这几天，我想通了，把学区房卖了，老二不靠这学位了。学区房卖了，一套换两套，留给孩子，一人一套。即便他大了没出息，生活也有着落。这才是万全之计啊，你说是不是。还有，读书这个事情，看天赋的。没天赋的，再学区房也没用，有天赋的，放哪儿都有天赋，你说是不是。

没等我反应，中年男子就走了。一小那边铁门开闸了，小屁孩们排着歪歪扭扭的队，欢呼雀跃，闹成一团，全然不管自己的爸爸妈妈爷爷奶奶外公外婆人在哪里。

那天晚上，璐丹很晚才从广州回到深海大厦。我在床上看书，一本书一本书地翻，直到璐丹洗漱完毕回到床上。熄灯后，我想了很久，转过身来，一手环过璐丹身子。我想说说下午接孩子听到的故事。璐丹机敏地问，咋了？这一问，把我想说的话问回去了。我说，没咋了。

要感谢璐丹表妹的再次光临。那次，她和贝贝去三亚过年，中途到了深圳来看璐丹。她的创业丈夫晚几天北京直飞三亚。贝贝假小子个性没那么明显了，嗓门细了，胳膊貌似也细了，人也沉默了一些。

表妹看到我们的“新房子”很高兴，仿佛这一切都得益于她的言传身教使我们终于走上康庄大道。饭是在家里吃的，大人小孩七人围着，挤着，嚷着，四面是容易掉灰的墙，怀旧的味道油然而生。

吃着吃着，表妹问璐丹，啥时候辞职？

这一问，空气都凝固了。啥意思？璐丹、我、岳父岳母都停了下来。

上了名校，父母至少得有一人陪读啊。表妹看我们不可思议的表情，她更加不可思议了。

岳母说，还得辞职啊？

最好是这样。表妹继而开始她的演讲，照样是慷慨激昂：所谓教育，在农村，是孩子好好听课，老师多加管教；在中小城市，是家长疯狂地给孩子报各种兴趣班、补习班；在大城市，就是拼爹拼妈，父母得拿出大量的时间陪伴孩子，拓宽他们视野，提升他们修养，带他们参与各种社会活动。

大家都这样？璐丹问。

不这样，怎么能快人一步？表妹反问，然后说，德国一个著名哲学家说的，“教育的本质，就是一棵树摇动另一棵树，一朵云推动另一朵云”，这，没办法。

璐丹若有所思。岳父岳母也若有所思，依旧是想点头又没点头。我呢，我……莫名地想笑。

表妹走了后，我把幼儿园门口听来的故事告诉了璐丹。没想到，璐丹也跟我说了一个事。她说，前几天，她本科同学群里聊到学区房，班长有一观点挺新鲜，他说，北上广深一套学区房动不动就上千万，还真不如拿这个钱直接把孩子送国外了。他们打听了，一年三万美元，可以带孩子在美国读地地道道的小学、中学。一年三万美金，折人民币算二十万，美国小学六年，初中两年，高中四年，满打满算十二年，十二乘以二十，也就二百四十万。高中读完，直接在美国读大学，语言关、思维方式，全解决了。

说完，璐丹翻身过来，脸冲着我。我脑袋瞬间嗡了一下。我说，你觉得我们上当了？

上谁的当？璐丹问。

我们自己的当。

三月中下旬，广东的回南天开始了。阳光是潮的，空气是潮的，房子是潮的，衣服也是潮的。越往后越严重，墙壁上都会挂满水珠，被子像洗了没晒干一样。

周日晚上，我用电吹风给儿子烘他周一升旗要穿的小礼服。勾久了，腰不舒服，我坐在书堆上慢慢烘。起来的时候，璐丹指着地上，看。哦，潮湿的纸箱上面是我的屁股印。

把儿子礼服烘干后，放床头。腰累了，我躺下了。璐丹也躺下了，关了灯。望着天花板，我不再演算，替代数字的是我的六千本书。除了陀思妥耶夫斯基、卡夫卡、张岱《夜航船》、《爱乐》杂志、法国新浪潮、《世界美术名作二十讲》，还有很多花了大价钱、大心思的线装书哪，《辞源》第三版、《笺谱雅集》、《宋辽金元史讲稿》、《宋词画谱》，等等，还有光绪年间的《大乘起信论义记》，品相绝对十品，不是孤品，胜似孤品。而今，它们面临发潮甚至发霉的危险，闹不好两只硕鼠就躲在里面，吱吱吱、吱吱吱，筑起了爱的小巢。

我摸索到璐丹的手，微微用力握了握。我说，你课题报了吗？

璐丹说，还没…… 正在报。

我说，五月份，一小开始申请学位，早点儿做决定，干脆搬回去得了，这名校也不定个个都是状元，还记得那个小老板说的吧？

那就搬回去吧。说完，璐丹手抽了出来，反压在我手背上。过了很久，我反过手背，有些矫情地十指相扣着。

整一个四月就是卖房、买房，不亦乐乎。价值千万的破房子第二天在地产中介挂出来，一周后就成交了。这速度让我吃惊。一千零五十万买进来，一千一百万卖出去，一卖一买，表面上我们赚了五十万，实际上亏了十几万，因为中间有好几十万的各种税费。行啦，好歹是亏十几万，而不是几十万，上天保佑，阿弥陀佛。

接手这个破房子的是个客家人，梅州那边的，姓刘。地产中介“刘生”“刘生”地叫他。刘生人很开朗，得知我们两口子都是大学教授后，更是话多。他说他是开公司的，开的是破烂公司，后来他一解释才知道是回收垃圾的公司。

你们是书香门第，当然没必要上什么名校啦。孩子你们随便一带，比名校还名校。我们不行，我初中没上完就出来收废品，破烂佬一个，后来门路打通了，赚了点钱，但现在这生意也做不了多久了，深圳的工厂都走得差不多了，剩下的全是高科技，腾讯、华为他们，以后想收破烂也没地方收了，到别的城市又插不进去，现在唯一的希望是孩子有出息，上名校，考上好大学，不能再靠收废品发家。我两个孩子前后差一岁，跟着来，我把所有钱都拿出来了，搞了这个学区房。现在一夜回到解放前，也不想那么多了，就看两个孩子怎么造化吧。说完，刘生把手里的文件袋递给他旁边的一个小伙子。小伙子估计是他的手下或者司机什么的，一脸谄媚地说，老板你还是有眼光，转型投资教育，我做梦都想给孩子买个学区房，这辈子是没戏了。

小伙子说完，换了个站位，对着我说，大教授，你怎么看中国的学区房，想听听你的观点，长点见识。

我耸耸肩，摊摊手，我能有什么观点。

教授谦虚。小伙子说，我就是觉得这种现象挺值得研究的。我有一个堂妹，大学生，毕业好几年了，现在都三十五了吧，还没嫁，原因就是她要男方必须买一套学区房，房子都还不行哦，必须是学区房。很多男的都觉得我这堂妹以后一定是贤妻良母，还没结婚就想到孩子的教育。可是有几个男人能达到她的要求啊，我感觉她这一辈子都要单身了。

你到底想表达什么，在大教授面前？是说这种现象不好吗，还是别的什么？刘生打断了小伙子的话。

没有，没有，我就是说有这个现象嘛。小伙子后退着，转身到隔壁的便利店买水去了。

我笑了笑，正好地产中介资料也复印来了，身份证还给了我。我和刘生友好握手，挥别。

五月一日，几年来从未有过的大暴雨，但我们还是果断搬离了深海大厦。泥水四溅中，车开出停车场，右拐上路。我停了一下，扭头看了看雨中两栋瘦高瘦高的楼房。玻璃上水流不止，堡垒似的两栋楼，完全模糊，只留下一个变了形的大致轮廓，歪歪扭扭，可怜兮兮。

我们又住回了大房子！还是原来的小区，原来的户型、朝向。房子紧靠理工大学。四房，一百三十多平方米，还不包括客厅的阳台和主卧的阳台。阳台直面东山，层峦叠嶂一片绿色，吸一口气，满满的负离子。有专门的书房，六千本书，四面墙，坐进去就是天堂。再加点红酒、音乐什么的，那真是味道好极了。儿子三箱心爱的玩具在木架上威风凛凛，掏玩具掏得发火之事不再发生。上班开车是用不到的，走路也就十五分钟。着急的时候，扫一辆共享单车骑到校门口，五六分钟。绿色出行，感觉哪哪都好，舒畅极了。小区环境自不用说，除了房子就是绿化园林，会所、恒温游泳池、网球场、健身馆、瑜伽室都有。儿子重回理工大学附属幼儿园。幼儿园翻新了，外墙五彩斑斓，房屋设计非常有欧美范，漂亮极了。以后儿子要上的小学，与小区不过一路之隔，也是崭新的学校。学校里移植了一棵大榕树，枝繁叶茂地伸出围墙来，正好盖在校门前，像一幅画。以后儿子就在画中开始他的小学时光，有哪门子不好！岳父重返故地后，房子大，小区遛弯的地方也大，还有后山，鸟语花香，伤到的腰也好了许多。

璐丹说的不如拿学区房的钱直接送孩子到美国上学，后来也没有再提起。这事可行性太差。儿子去美国上学，十二年费用咱是付得起，但谁陪他？我和璐丹不可能放弃教学和工作，也不可能叫岳父岳母去陪读，我那倔强的老父亲更不可能，别说美国，他连深圳都不愿意来，嫌大城市种种吵种种闹种种不好。

五月十六，儿子的生日，我们借小区会所开了个生日会。

儿子先前的小伙伴们都很高兴，都来参加 party。小伙伴来了，少不了妈妈们。吹完蜡烛，孩子们在玩耍。妈妈们都聚在一起说闲话。话题不由自主地谈到我们为什么要卖掉学区房，搬回来，费劲巴拉地折腾这么一大圈。

璐丹轻舟已过万重山，轻轻说道，争千秋，不争一时。

一群高知妈妈们纷纷鼓掌。

说得好，让你们家先生也发表几句感言！一个妈妈提议。只见她发型高高盘着，像刚参加完某台大型晚会赶回来。

这个提议得到了大家的呼应，大家鼓掌。

我得幽默两句。我说，璐丹教授是搞机电的，我是盖房子的，房子盖好，不给电，白搭，所以我们家的决策她说了算。她说买就买，她说搬就搬。她的感言，也是我的心声。

不行！另外一个妈妈在叫，我们想听听盖房子的内心真实想法。您经常参加各种高大上的论坛，有的还是市长主持，我在公众号、朋友圈都刷到过。今天机会难得，见到活人了，一定要听你讲讲。她手里还提着孩子的书包，书包上印着某个教育培训机构的名字。

对对对，讲讲。大家连连附和。

唱戏的但求人多，看热闹的指望事大。咱要的就是热闹。我说，咳，学区房这东西，就人的一心病，跟个堡垒似的，觉得有了学区房，就占领了堡垒，孩子未来就有希望了。可实际上呢？这个堡垒真的存在吗，坚固吗？不过你心里虚幻的一个梦而已，不过是你内心不安全感的一个投射而已。政策说变就变，时代说变就变啊。这世上就没有一成不变的东西。那词怎么说的？最好的学区房，是父母的书房；最好的教育，是父母的言传身教；最好的学校，是咱们温暖有爱的家。咱们不辞职，不陪读，不“鸡娃”！

大家热烈鼓掌。手里提着书包的妈妈说，盖房子的果然厉害，一针见血。说完，她把书包背到了肩膀上，可能是肩带太短不舒服，没两下，又换回手上。

大家也可以发表自己的看法。璐丹边说，边给大家倒红酒。

没有人发表看法，大家只顾笑笑。谁没事会琢磨它呢？买了就买了，没买就没买。

就在我要去看看一帮孩子玩得如何的时候，突然听到一个妈妈喊了一句，我说，我来说两句。

大家都看着她，一个穿着灰色职业套装的纤瘦女子。

你想说什么？璐丹主持着现场。

去他妈的学区房，去他妈的中产！纤瘦女子脱口而出。

话音一落，所有人大力鼓掌，好！

Cheers，干杯！有人提议。瞬间，玻璃杯子碰一起叮叮叮叮的声音，四处作响。

接着，有人大声提议，我们要建一个微信群，就叫“不鸡娃父母群”，互相监督，互相分享，互相进步。

我同意。我说。

我也同意。璐丹说。

提议者又说，你们两口子牵头，一个是群主，一个是秘书长。

大家鼓掌，齐呼，好，同意。

我看看璐丹，说，行，那我做秘书长，为大家服务。

“不鸡娃父母群”还真开展起来了。有好书分享的，有户外活动的，有每月图书漂流的，还有轮流帮忙照看孩子作业的，小朋友们也瞬间多了许多朋友。

以为学区房这事从此就拜拜了，没想到后面还有一出小戏。

五月三十一日下午，儿童节的活动，幼儿园要求两个家庭为一组，出一个节目。而且是抽签，随机组合。我们家和丹妮小朋友家抽到了一个组合。我们的节目是格林童话《森林里的三个小矮人》舞台剧。我、璐丹、岳父三人当小矮人，儿子当王子，丹妮当王后，岳母扮演王后的恶毒继母，丹妮玲珑小巧的妈妈则当继母的亲生女儿。我们的节目得了银奖，金奖是另外两组家庭的《阿拉丁与神灯》。他们那个节目赢在诙谐幽默、满场笑声。

活动搞完，一家人又去了蛇口的海边，岳父还给儿子买了一个用贝壳串成的小风铃。再一吃晚饭，回到家已经八点多了。璐丹催着儿子赶紧洗澡睡觉，玩一天了。儿子磨磨蹭蹭，先是玩了会儿积木，然后又要求我和他玩个神灯游戏：神灯神灯，能许我三个愿望吗？小家伙一定是受了白天金奖节目的启发。

我拿出手机，点亮里面的手电筒，举着，假扮是神灯：说吧，阿拉丁小朋友。

我要玩具。儿子举着手。

就这个愿望？我斜着眼看着儿子，又瞟向璐丹。璐丹早就买了一套奥特曼新版卡片，藏着呢，等着“六一节”的到来。

我让儿子闭上眼。璐丹飞快从书架缝缝里拿出奥特曼卡片。

阿拉丁，睁开你的眼睛吧。

儿子接着又说了第二个愿望：我要一件披风，奥特曼没有披风一点也不帅，我觉得。

披风？我迅速反应过来，把手里的“神灯”转向岳母。阿拉丁小朋友，继续闭上你的双眼。儿子闭眼，我对岳母耳语道，妈妈，你跳舞的那个红绸子。岳母跑进房间，找了出来。

儿子睁开眼时，璐丹已经给儿子披上了，脖子下打了蝴蝶结。不是披风，但比披风更招摇。儿子没有反对。

第三个愿望呢，快快说来。我手举累了，想早点结束这幼稚游戏。

第三个愿望，变出一个房子。

房子，什么房子？ 岳母问。

就是去年我们在一小旁边住过的那个房子呀。

为什么要变那个房子呀？ 我学着儿子的腔调问。

因为变出那个房子，我就可以上一小啊。一小是名校。上名校才能更厉害。丹妮他们都有名校上，我不想落后。

这画风！ 转得实在太快了，我的儿呀。

片刻沉默过后，岳父说，现在国家都在打压学区房，以后要搞大学区，买了学区房也不一定能上名校。

可是，现在还是可以的呀。

璐丹正在低头摆弄贝壳风铃。那一片片瓷白的贝壳，让我想起深海大厦，那座瘦高瘦高堡垒似的楼，黑黝黝的。

我看着儿子。他正昂着头，瞪着大眼睛，等我回答。

证明

我是在北京开创作大会的时候，想起一年前某个凌晨三点，村里的九牛叔非常着急但却又耐着性子地在国际长途里问我，老满哥，美国好耍不，喂喂，你在纽约的颁奖照片，拍了没得，赶紧发给我啰，我要好好保存下来，将来有大用处！我从床上坐起来，嗓子像含着一口水，说，还没得拍，拍了我发你微信嘛，你不消打电话，快点挂了，电话费贵得很的哦。

这个九牛叔！我明明跟他讲过，颁奖时间是下午三点，且是美国的下午三点，不是中国的下午三点。

电话挂了，我也睡意全无了。我确实是到美国来领奖，一个电影奖，但不是纽约，是纽约州的罗切斯特市。这个奖办到第六十届了，一个基金会办的，一年不落，不管是打仗还是传染病流行，虽不是国际 A 类，但什么东西就怕坚持，一坚持，它就有了名声。我是一个人从北京飞的，罗切斯特有机场，但无法直达。先飞纽约，中间经停芝加哥，然后再从纽约飞罗切斯特。到了罗切斯特机场，一直邮件联系的志愿者 Kitty 接到了我。邮件里一直 Kitty、Kitty 地称呼，以为 Kitty 是个大学生、小姑娘，见了面哪晓得是个白发老太太。我永远忘不了，她的皮肤之白，在阳光下甚至是白得耀眼，跟她的银发一样，闪着光。Kitty 把我接到了她家里，一栋看着颇有年代感但异常干净整洁的公寓。电梯里，半人高的木质扶手，纹路清晰而光滑。Kitty 说，电影节是有统一安排酒店住宿的，不过酒店很普通，我想了想，还是邀请你来家里住，因为我很喜欢中国，我也想了解中国，希望你能接受这份邀请。我英语不好，一路上靠的是一个名叫“翻译蛋”的小工具。“翻译蛋”翻译完 Kitty 这段话后，我爽快地回答：“Ok！ Ok！ Thank you！ Thank you！”

Kitty 的房子证明了她确实喜欢中国。家里全是中国风。开门迎面的是一道灯箱大屏风，四屏拼成。每屏宽约半米，高至少得一米五，因为没比我矮多少。我端详了几秒钟，然后说我熟悉的单词“very beautiful”。屏风上的画是《韩熙载夜宴图》局部，取了“击鼓观舞”那一段。我心里觉得，四条屏，不如放上“梅兰竹菊”更为合适。从屏风一侧进入客厅，最醒目的是地上铺着的地毯。地毯的图案是一个大大的青花瓷，蓝的正蓝，白的正白，顿时让房间亮堂、安静起来，还真的是好看。Kitty 又领着我看了墙上的一些书法、国画、蜡染、唐卡，最后把我领进卧室。卧室让我吃了一大惊，它中央摆的是一张古代皇帝就寝的龙床！乌黑发亮的六根柱子，前面四根，后面两根，中间一道门；顶部的横板雕龙画凤，四个角成飞檐状；床脚，圆弧形，往里高高翘着。我震惊了："哇！"Kitty 告诉我："今晚，中国床，属于你。"

还没完！Kitty 接着打开龙床边上的一个大木柜子，做出龇牙咧嘴状，慢慢捧出一顶大帽子。这帽子，别人不会知道，我是知道的，它是瑶族地区结婚时戴的"大尖头帽"。黑红为主的彩色织锦，一层一层地沿着头缠绕，层层叠叠，二三十层，最后自然形成一个尖头状，再掖好掖紧，固定住，放心，不会散掉。织锦两端的珠串和流苏正好垂在耳边、脑后。戴上就是一个彩色塔尖在头上。但这帽子可不好戴哟，它高有四五十厘米，厚差不多二十厘米，重呢，二三十斤！

"你们瑶族的服饰很漂亮。"Kitty 的功课做得够细，连我是少数民族都知道了。我赶紧调动所有知识，谈了起来：这个"大尖头帽"，是广西贺州瑶族地区的帽子，贺州紧挨着我们家乡，但我们那里没这么夸张，女孩结婚时头上只包一层彩色帕子。担心"帕子"这个词"翻译蛋"翻译不出来，又补充说，就是取这个"大尖头帽"的一层布，包在头上。我还说，瑶族服饰，光帽子就分很多种，有这个层层缠绕尖头的，也有我刚说的单片包头的，还有飞檐式的、帆船式的、圆筒式的、平板式的。这回轮到 Kitty 瞪大眼睛。她要求我讲讲都有哪些不同的瑶族。我说，瑶族分类也很复杂，有的根据居住地形来分，有平地瑶、过山瑶；有的根据衣服颜色来分，有白裤瑶，有红瑶。再多的，我也说不下去了。但 Kitty 紧追不舍，让我说说白裤瑶和红瑶各有什么区别。这是非常细的问题了，我只好含糊答了一句：总体说来，大致都差不多，农忙时种水稻，农闲时唱山歌跳长鼓舞，年轻人会去城里打工。看得出 Kitty 对我的答案不是很满意，她嘴抿成一条线，微笑着。

我赶紧把话题引到 Kitty 身上，问她为何对中国文化情有独钟。她说，几年前，她办好退休手续的那个晚上，做了一个很长很长的梦，梦到自己出生在东方中国的某座大山里。醒来后，她就想找到那座大山。于是她在随后几年多次去到中国旅游，几乎走遍了中国有名的大山——昆仑、秦岭、泰山、衡山、黄山、武夷山，等等。广西桂林的山水她也很喜欢，桂林及其周边的贺州、梧州都去过。我很想继续交流下去，问她为何要找，找到没有，中间发生了什么故事。但实在不想在外国友人面前频频举起、放下、举起“翻译蛋”，我放弃了。Kitty 恰到好处地和我道晚安。

坐在有点不习惯的龙床上。一路上，我这哑巴英语磕磕碰碰，在芝加哥机场差点没找到登机口，在纽约纽瓦克机场差点丢了行李，此时算是终于安顿下来了。连上网络，我发了条朋友圈：“终于到了纽约。”九牛叔几乎是秒赞了我，然后过了几分钟就收到他的语音：“老满哥老满哥，这么大事都不告诉家里的父老乡亲啊，看你朋友圈了，后天颁奖照片有了发我一张啊，记得啊！”九牛叔的声音一贯高而尖，感觉他的声带被老虎钳夹住了似的，只留了一个小小的气口。他是八〇后，我是七〇后，但他辈分比我大，我叫他“九叔”，他当然不好意思叫我侄儿，平时叫我“老满哥”。“满”是最小的意思，“满”字加个“老”，则带着亲昵，这是湖南老家的方言。

我在美国获奖的电影讲了这么一个故事：

一个乡村少年，十八岁，高中毕业，没考上大学，按理要跟绝大部分孩子一样，呼啦啦地去城里打工，广东或者浙江什么的。这个孩子不一样，他就想留在农村里种田。可能是他怕自己到外面吃不消那些苦或者受人管束没自由，也可能是他还没成熟，不理解为什么一定要去外头打工赚钱。他喜欢到无人耕种的田野里发呆。每次发呆的时候，老人看到了，都会说，你一个人跑到田埂上来吹北风，搞什么卵子哦？少年说，没搞什么，没事出来看看。老人又说，看条卵，你应该到广东去看高楼大厦。有时候，少年也会问老人，我们是农民，为什么让田野荒废？老人说，你书读多了，读蠢了。后来，少年被父母逼得没办法，还是跟随一帮哥哥姐姐去了广东打工。一开始是做电子厂，每天的工作是把一个个小彩灯按进巴掌大的塑料盒子里。塑料盒子里有无数个小窟窿，花生米大小。他安插小彩灯的时候，想起了在水田里插秧的情景，于是动作麻利而准确。怀着这种“美好”心情，在密密麻麻的新手中，他成了老手，每天算下来工资最高。但他随即一想，如果这样，自己为什么不回家去插秧呢。想到不能回去插秧、种田，他辞职了，去了一个专门打电话推销美容产品的公司。这个工作，他只负责打电话邀约美容院的老板过来公司，每邀约一个就可以获得五百元的提成，至于美容院老板来了公司成交不成交，愿不愿采购公司产品，与他无关。电话早上九点开始打。十个电话，有两个电话对方是听到“你好”就挂掉，有四个电话是听到“你好我是某某”就挂掉，有两个电话是听了一半会挂掉，有一个电话是听完再挂掉，有一个电话是和你聊两句再挂掉。但即使如此，他依旧是新手中业绩最好的，三天后就约到了一个老板，一个月约了七八个老板。老板让他当着所有业务员的面分享经验。他说，我拨电话的速度快，一般人一天打一百五十个电话，我能打两百个电话。大家不信，喊了一个业务员和他一起比拨电话的速度。果然。手机号码十一个数字，他滴滴滴按完了，那边才按到第八第九个。但这经验一总结出来，他又后悔了，既然自己手指这么快，为何不回家去插秧、种田，于是他又换工作。然而，工作换来换去都是靠手吃饭，靠出卖体力吃饭，再怎么的都逃不掉底层打工仔的命运，同时也逃不掉“回家种田”这个念头对他的折磨、撕扯。后来有次他和城管发生了冲突，一脚踹了人家协管员的屁股，他担心自己上通缉令，于是有了逃回村庄的理由。台词都想好了，回到家，他要向所有人宣布：我犯法了，大城市待不下去了，没办法，只能回家种田了。谁料到，他脚一踏进村子，迎来的第一句话就是一个老人说的：田都包给外地老板搞养猪场了，你这么早回来，搞什么卵子哦？

这个同名电影改编自一个名叫“润生”的作家写的短篇小说，名叫《回家种田》。我无意中从微信公众号推送里看到，觉得特别亲切，它似乎在讲述我心里的一个隐隐约约的梦。我出生在瑶族大山里，十八岁高中毕业考上北京的大学，因为路途太遥远，每年只有寒假回家一次，后来毕业了，定居在深圳，也是每年过年回一次，三十岁后成了家，变成两年回一次，三十五岁有了孩子，到今年四十五岁，十年一共也就回了三四次，其中包括父亲去世。父亲去世后我把母亲接到深圳，回去就更少了。不是不想回，是很想回，回去到田野上走走，跟白胡子老人扯几句白，听他们唱唱山歌，讲讲巫术。但是回不去啊！故乡太陌生了，路新修了，河改道了，村子搬空了，人也不认识了。虽然现在交通越来越方便，高速通到县城，高铁通到市里，再辗转，也就是五六个小时的事。

朋友圈就是一张报纸、一个电视台。要想人不知，除非己莫发。电影获奖，我必须得发这个朋友圈。这是责任。一个电影，无论大小，演员、摄影、灯光、录音、美术、服装、化妆、道具、场工，还有四处拉赞助、找场地的制片人，甚至帮着订盒饭的剧务，都为它付出了智慧和汗水。何况这些人都是我刷脸刷来的，活多，钱少，不抱怨。电影是大家的荣誉。不仅要发朋友圈宣传，也必须接受一些采访，话说大说小、水分多少，自己把握。我的朋友圈没有分组，也没把九牛叔屏蔽。老家不少人都加了我微信，加了也就加了，谁是谁也分不清了。我没法一个个识别。自然，九牛叔就知道了我的电影在美国获奖、我去领奖的事。老家里，一定也有其他人知道了此事。老家市里的报纸、微信公众号也转发了一些报道。九牛叔兴奋地把市里的报纸电子版打印出来，直接找到了镇政府。九牛说，镇政府信访办接了复印件，高兴地跑上楼，给了宣传部，宣传部立马宣九牛叔上楼，核实是真是假，我到底是不是咱拦马河镇的人。核实无误后，宣传部的人领着九牛叔进了镇长的办公室。镇长看了报道，看着九牛叔，声音响亮地说了一声：“好啊。”

接下来是镇长加了我的微信。镇长邀请我尽快回家乡一趟，商量要事。镇长为了显示其真诚，还让县文体旅游局的一个管文化的干事加了我微信。干事用家里土话发语音说："大导演有空儿回屋里耍下嘛。"不是盛情难却，是乡情难却。我从美国返回深圳后，大约一周就开车回了老家。镇长嘱咐我一定要带上奖杯回来。我只好遵命。

直接到了镇政府大院。父亲在这个院子里工作过，不过是临时工。我熟悉这个院子，初三的时候每天都是在父亲办公室里吃的午饭。这个院子至少三十年了，没有搬过，门口还是那个门口，土黄土黄的，唯一变化的是门口的手写书法木牌子变成了电脑字铝合金牌子，七八副，镇党委、镇政府、人大……一个个吸着肚子憋着气，挤挤挨挨排在一起。镇长和干事在大院门口候着，我只好先下车。镇长很年轻，四十出头的样子，脸上白白净净，戴的是一副黑框眼镜，看起来倒像个书生，和和气气的。握完手，再开着车子左拐右拐开进停车场，停在一棵桂花树下。这桂花树也是至少三十年了，但这么多年，它似乎再没长高过，枝丫永远是刚刚能伸出水泥围墙一点点。时值中午，干部职工拿着铁饭盒走向食堂。一个个都沉默着。几乎都是一样的着装，白衬衫、黑长裤。记忆中的八九十年代，大院里的人似乎也是这样的穿着、步伐、神态。阳光白白，桂花香浓，看着地上的影子，我感觉时光宛如在倒退。镇长找了过来，招呼着我。

在镇长办公室，镇长要看我的奖杯。我拿了出来，一个“鞋带”造型的银质雕塑。我必须要辅以解释，不然这个奖杯确实怪异。我说，这“鞋带”的英语单词叫 shoe string，它有另外一个意思：小成本。我获的奖是小成本电影奖。镇长听到“小成本”，表情有点复杂。他自言自语了一声：“小成本。”“小成本”似乎有点出乎他意料，又似乎有点失望的意思。干事在一边则说，听了蛮有味，大导演请继续讲，继续讲。

我拿捏不出二位的意思，干脆和盘托出，实话实说：当时决定拍摄的时候，国产电影大环境已经降温，票房同比下降了二三十个百分点，以往那些招也不灵了，大明星不灵了，大导演不灵了，大制作也不灵了。我拿着我之前拍过的商业电影和各种数据去找钱，也不灵了。但我特别想拍这部电影，那个手指特别灵活却一心想回家种田的卵崽，在我心里茶饭不思，烦躁不安。我也为他茶饭不思，烦躁不安。

讲到这里，以为他们会笑或者点头称赞。他们没有，眼睛直直看着我，等我下文。

我又讲：专业投资公司的钱谈不拢，企业老板的钱也搞不到，我下了个决心——自己出钱。我在“北电”就是北京电影学院、“中戏”中央戏剧学院、“上戏”上海戏剧学院、“南艺”南京艺术学院看了三十多场毕业生的汇报演出，最后在北电找到了一个大四的学生，扮演男一号。几乎是零报酬。没看走眼，他果然为电影加了大大的分。他是北方人，河北的，还是城市里长大的，可演起来像死了我们瑶山人。戏呢，是在广东连州拍的，那里的山，整天雾气蒙蒙，稻田也是大片大片的。一个当地的酒店老板答应为剧组提供住宿，以及开机宴、杀青宴。条件是，他在电影里演男一号的老板。

没等我说完，镇长插了一句：连州翻过一座山，就是我们这里哩，你应该回家乡来拍的嘛，不就是管吃管住嘛，好小的事情咧。

我欠欠身子，有点不好意思。

干事问，导演你这个片子花了好多钱？

将近两百万。

两百万？镇长身体前倾了一下，问。

将近两百万。摄影师、灯光师等很多人都是合作多年的朋友，都晓得是我自己拿钱拍，也没好意思多收钱。如果按照市场价给，成本三百万跑不脱，另外，我自己作为编剧、导演的钱还没算呢。

哦哟。镇长轻轻叹了一声，像是绕了半天终于知道了答案，心中石头落了地，同时这个答案又超出了他的预料。

我听出来了：好花钱啊。

赚钱还是亏本？干事又问。

目前还是亏本的。这个电影没有一个明星，题材既不搞笑也不悬疑，这样的电影没有人投资它上院线，就是进不去电影院，卖不了票。

电影都拍出来了，为什么还进不了电影院，卖不了票？镇长接着问。

进电影院，要有人宣发，就是宣传、发行。要在街上，比如公交车站的灯箱广告牌做广告，要在电影院里放预告片，要在媒体上发文章搞报道，要喊人在朋友圈里转发新闻，等等。你搞了这些事，做了这些动作，电影院觉得你这个片子是有一定知名度的，才愿意拿出放映厅给你放。这个宣发费，起价两百万，两百万可以让全国十个主要城市放你的电影。如果第一天放了，觉得票房不错，第二天继续放。如果不行，就不再放了，这种情况行话叫“一日游”。

镇长看看干事，说，吃饭去吧。

饭中，干事说了原委：镇长想拍一部反映拦马河镇基础教育的电影。

可以啊，这太好了。我迅速停下筷子，心里想着项目来了。

干事和镇长对视了一眼，我抓紧机会口若悬河起来：通过电影，通过一个个生动的故事，把咱们镇的工作成绩歌颂出去，这是现在最好、最有效的宣传手段。拍完后，我们到省里、市里、县里搞首映礼，把头头脑脑请过来，报纸、电视还要采访镇长，采访我们学校、师生。除了各大影院，片子还要放到各大视频网站上，还要剪成各种短视频，放到抖音、快手上，二次传播。主旋律拍好了，一样有人爱看，一样有人点赞，《我和我的祖国》《我和我的家乡》有先例摆着呢。说不定片子一炮而红，咱拦马河就成了全国、全省的正面典型。另外呢，钱多有钱多的拍法，钱少有钱少的搞法，但拍好、拍专业是肯定的。

那个，我们…… 镇长打断了我，不是歌颂，是反映问题。

镇长想反映现在农村教育的问题。干事把身子转向我，小声地说。午休时间了，食堂里空空荡荡，就剩我们三人。

哦，反映问题。我身子塌了下来，像一个鼓胀的气球突然被人松了口子。

大导演，你觉得现在农村教育最大的问题是什么？镇长身子往后一靠。

失…… 失学儿童？我不假思索。说完觉得不太确定，又补了一个答案：还是基础投入？

早就不是了。镇长身子前倾过来，现在农村的学校，国家都给盖得墙壁雪白、亮亮堂堂的，多媒体教学、实验室、图书室都有。现在最大的问题是“金玉其外、败絮其内”呐。

我放下筷子，认真听着。

一句话，没有老师愿意待在农村呐。编制都有，也配足了老师，可这些老师都是占着编制不上课，个个都往县城里钻，各种理由都有，抽调、选调、借用、请假，只要离开了，请回来是不可能的。他们嫌弃的是农村学校收入低，升迁机会少。有个学校，六个班，将近三百学生，在编老师才六个，其他老师都被选调走了。剩下的六个老师没有一个英语老师，全校的英语课就生生停了将近一个学期，后来找了两个代课老师才暂时解决了问题。连锁反应来了。很多家长是有钱的，是重视教育的，看到学校这个情况，就把孩子往县城里送，或者找关系，或者干脆买个房子就近入学。现在县城的学校个个爆满，农村的呢，稀稀拉拉，而且基本都是差生，家里穷、父母在外打工、没人管的差生呐！镇长讲到最后，激动了起来，声音越来越大，末了还单手摘下眼镜，手一敲桌子：这个问题不值得反映吗，不值得重视吗，不值得全国关注吗？难道这些孩子个个都是回家种田的命吗？

我和干事没说话。镇长把眼镜又戴上，上下抹着胸口，看着干事说：拍部电影，还是小成本，都要那么多钱，镇里肯定是搞不起了。

我拿起筷子，悬在空中，出了一些大而不当、很难实现的主意，比如让镇里的企业筹钱，让县里、市里支持。这些想法都被镇长、干事用一声叹息挡回去了。像个肥皂泡，悄无声息地掉在地上，碎了。

后面的聊天变得零散，话题从我们村，到镇，到县，到市，到省，到中美关系，到外星人会不会攻占地球。

电影美国获奖和镇长邀请回乡的事，转眼过去了一年。这期间，我马不停蹄地接了几部戏，院线、网大、网剧，都有。有的一看就是烂片也接了，纯粹就是为了赚钱，弥补《回家种田》亏损的窟窿。

日复一日的忙碌、庸常中，发生了一件意想不到的事：性格内向、身材矮小的儿子，居然和人干架了。

那天中午突然接到妻子电话，让我马上去学校。到了学校，先看到校服被撕烂了的儿子，然后看到别的家长。别的家长手里也拿着校服，一摊血殷红地染在领口处。凭我多年拍电影的经历，这应该是鼻血。

知子莫如父。看到儿子昂着个头，连我都不看一眼的样子，我满心狐疑，这得是一件多么非同寻常的事，才会让一只温顺的小猫伸爪挠人！

班主任让我看监控视频：中午，放学，校门口，儿子和另外一个孩子——我认得，是儿子最好的朋友齐昊辰——肩并肩走着。旁边有两个高出半头的孩子，其中一个撇着头和儿子这边叨叨着，一直叨叨着。中间，儿子停下来，不走了，那俩高个孩子也停下来，不走了，然后又继续往前走，然后又停下来。突然，儿子动手了，一拳过去，对方孩子似乎是愣了一下，然后也动手了，而且是两个都冲着儿子来，三人搅和在一起了。哎哟，昊辰这孩子站一边，傻傻的，没反应。不一会儿，昊辰拿出手机拍。很多学生也看到了，人头朝一个方向聚拢，个个也是拿出手机拍拍拍。视频里，儿子被人群挡住了。好一会儿，画面里看到儿子冲出人群，一只衣袖掉出来，迎风飘荡。儿子跑，后边追。儿子跑到路对面，又往学校方向跑。这时候学校保安出现了。监控完毕。昊辰让我看他拍的视频。视频有声音，一听，明白了。

瑶族的祖先你都不知道，你装什么装！这是一个高个孩子的声音。

关你屁事！这是儿子的声音。

你就是中考想加分！老子代表正义戳穿你！这是另外一个高个孩子的声音。

关你屁事！这仍是我那可怜儿子的声音。

看到这里，我没忍住。我把手机还给昊辰，拦在班主任和俩高个孩子家长面前，高声说，我有一百个渠道证明我是少数民族，我的身份证、户口本写着瑶族，我出生地方是大瑶山、少数民族聚居区，我们县的名字就叫瑶族自治县！孩子的民族成分，可以跟着父亲，这是国家政策，是法律赋予的权利！打伤孩子的医药费，我出；但这责任，请学校分清楚！

儿子班里越来越多的同学都给班主任提交了现场视频。班主任向我道了歉，也向俩高个孩子家长道了歉。俩家长看完孩子们拍的视频，自觉并不占理，推搡着自己的孩子走了。

那天中午，我请昊辰一起到家里吃了饭。昊辰在我的书房里看到我拍电影的一些工作照，轻轻地说，叔叔，你拍过瑶族的电影吗？我摇摇头。昊辰又问，一部都没有吗？我想了想，摇头。这时儿子插话，有啊，爸爸你的《回家种田》不就有瑶族吗？我反应过来，弯腰从桌子下面的一个纸箱里拿出一张 DVD 递给昊辰，并说，这个电影一头一尾有一些瑶族的村落、民居、自然风光，还有一些土话，也算吧。昊辰开心地拿去了。接着我想起打架的事，问儿子，瑶族的祖先你怎么不知道，我跟你聊过啊，叫盘王，“盘子”的“盘”。儿子低头思考了半天，回应道，太久了，不记得了。昊辰却问，叔叔你说的“盘王”，是“盘古开天辟地”那个“盘王”吗，还是《搜神记》里的“盘瓠”？昊辰这孩子，把我问倒了，盘王、盘古和盘瓠，是一个人吗？我让儿子去厨房帮着保姆端菜，然后轻声回答昊辰说，应该是盘古，你说的盘瓠，我还得研究考证一下，各种民间传说太多了。

叔叔，你必须得考证好，不然你怎么证明你是瑶族？昊辰来了这么一句。

我怎么证明我是瑶族？这要证明吗？我就是瑶族啊。我脱口而出，身份证、户口本，黑字白纸都是证明。

万一人家说身份证、户口本可以作假呢？

那可以跟我回湖南老家，我们家是大瑶山，县是瑶族自治县。

人家不跟你回老家呢？你又怎么证明？

这，难住我了。我看着满脸粉刺的昊辰，不知该如何回答。是啊，保不齐，下次还有挑事者，质问儿子：你怎么证明你是瑶族？

儿子打架事件之后，不到一周，我参加了一个非常有意义的活动：世界民族电影创作大会。这个创作大会，在北京举办，半官方半民间，但规格挺高，印度、阿根廷、美国、澳大利亚、日本、韩国都有人参加，内容有放映、论坛、项目合作等。

人是需要交流的。而我，太久没有交流了。我说的“交流”，不是具体业务的交流，也不是合作的交流，而是更高层面的交流，比如意义和使命。三天创作大会，我和不同国家的同行，谈到同一个话题：民族和电影。民族需要电影，电影也需要民族。这些外国同行，无论是东方还是西方，无论发达国家，还是发展中、欠发达国家，他们在用电影保护、宣扬本民族的历史与文化方面，做出了卓越成绩。当然，我们自己的国家也很不错，一起参与放映交流的音乐电影《月亮爬上来》，看完令人惊艳。它在很多国际电影节上都获了奖，无疑，中国西部民族音乐将因为这部电影被更多外人知道。

这些见闻、交流，像低矮黯淡的云层中突然射出的一道光，射进我的眼里，然后一个折线，照耀在心间。说崇高点，我有一种金光披身、天降大任于斯人也的感觉。

我已经四十五岁了，我不能再为了赚钱什么片都接了，我要干点自己应该干的事，比如为自己民族做点什么。

创作大会结束，我回到了深圳。有一个礼拜的时间，我就在思考，我的民族到底是什么。是什么呢？不是各种节庆，也不是各种民俗，更不是各种传说。我脑海中闪现的是高山、密林和祖祖辈辈耕种的大瑶山，还有我的九牛叔、镇长和随我的瑶族儿子，一个个具体的人。八〇后的九牛叔也快四十岁了，早几年前就不在珠三角流浪打工了，回家做起了农村淘宝、直播带货。一年前，他为什么打长途电话问我要我在美国获奖的照片？除了炫耀吹牛，或许他在我身上寄托了某些希望。因为他总抱怨瑶山里有很多美景无人欣赏，也有很多山货无人品尝。他有梦想，想让更多人知道天地之间还有我们那个大瑶山。镇长为何招我回乡密谋“要事”？因为他干了快十年，其他工作年年有变化，就是失学儿童问题老大难。他渴望突破，让家乡越来越好。在大城市出生的儿子，不了解自己民族的祖先，被同学挑衅，并奋力出击。在家里，他帮我解围，让我拿一部伪民族电影送给自己的同学。他想证实自己。他们，都是今日瑶族之现实。

我选择在国庆长假带着妻儿回到拦马河镇大树冲，这是我出生的村庄。近乡情怯，车速也慢了很多。山路十八弯，一边是满眼密不透风的杉树林，一边是清澈见底的小溪河。我跟儿子吹嘘，九寨沟也就这样了。儿子说，那就叫它小九寨。妻子说，小九寨早就有人叫了。我说，那就再谦虚点，叫小小九寨。

走完盘山山路，往左一岔就是我的大树冲。往右通往镇里集市。我看见路口竖着一块似乎油漆还未干透的褐色指示牌:瑶人寨景区。这应该是这一两年才有的事。妻子也看到了，说不妨先去参观下。

不到两公里的路程。这个瑶人寨，其实就是我们村隔壁的黄河洲。和我一起考上县城高中的冰波同学，就是这个村的。这个村建在一条河水湍急的黄水河边，家家户户都是吊脚楼。现在大部分村民都把房子盖到地势平整的地方去了，那一排壮观的沿河吊脚楼反而成了独特风景。

国庆长假，这个村，不，应该说这个景区，好热闹！车子远远地就被引导到一个黄泥地停车场。几个晒得黝黑的村民悄悄问我想不想便宜点进去。哦，这个地方是要收门票的，五十元一位，但是拿本县人的身份证买票就是十元一位。他们再收十元停车费。村民把我当外地人了。不过从户籍的角度说，我的户口已经迁走多年，也确实是外地人。我说，先看看。

步行到瑶人寨门口，喧哗声夹杂着山歌声，浪似的，一阵又一阵。进寨前要过一段长木桥，过长木桥要对歌、喝酒，歌是拦路歌，酒是拦路酒。先是八个穿着瑶服的姑娘，排在一起唱。草草唱了四句就停了。接下来是十几个带着旅游团黄帽子的游客在唱。他们起着一个奇怪的调子，在唱"肚子饿了，我要吃饭"。还是导游在领头唱。这导游也穿着瑶服，应该是本地的地陪。接着是大家一阵哄笑。两个小伙把横着的拦路圆木抬起，迎上来的是早已备好了的米酒。有人一仰脖子喝了，还"哟呵"一声，高高把碗给砸了。砸了碗的人，乖乖打开手机扫二维码，付砸碗酒的钱。

什么乱七八糟的！我想离去，哪晓得一边看得过瘾的妻子迅速买了门票。我们跟着游客也进去了。进去之后才发现，我小看了这个瑶人寨。寨子里，灯恰好亮了，五光十色。寨子经过人工扩大了，中间是人工河，河里有人坐着竹筏，一座半圆高的仿古石桥横跨着，桥上悬浮着红纸伞，很多人拿着手机拍照、自拍。两边呢，则是一溜的餐馆、小吃店，有四川火锅，有湘菜小炒，也有武汉鸭脖子和长沙臭豆腐，更多的则是各种奶茶店、饮品店，然后就是全国旅游景点司空见惯的纪念品、玩具。瑶族服饰、汉服租售也不少，算是一个亮点。天呐，我还看到了九牛叔。一身瑶服穿戴的他，正在一个制高点位置搞网络直播，手舞足蹈地说着、唱着。这就是瑶人寨。如果不是偶尔看到有姑娘们穿着租来的瑶族服饰走过，它和大理、丽江或者阳朔的西街没两样！

巧了，寨子里还碰到了高中同学冰波。冰波带着他的一儿一女呢。冰波在深圳打工的时候，我们见过几次。一聊，才知道他现在已经是村里的主任，这个瑶人寨的日常管理就是他负责。当然，瑶人寨真正的投资人是外地老板。我问冰波，这哪里有什么瑶族特色？接客人进屋的山歌只有四句吗？摔碗酒是瑶族的习俗吗？冰波是有文化之人，懂我的意思。他拍拍我的肩说，老板要的是人气，要的是消费，文化传承这东西，靠他们吧。冰波指指走在前面的他的两个孩子，你看，现在学校的校服都是少数民族服装了，周一升国旗都是盛装出席的，所以大导演你别担心。冰波的大儿子我见过，小名叫猛牯子，有年暑假还在我深圳的家住过一段时间，如今应该是初三或者高一了。我找了个机会问猛牯子，瑶族的祖先是谁？盘王啊。猛牯子答。我又问，你说的盘王，是“盘古开天辟地”那个“盘王”吗，还是《搜神记》里的“盘瓠”？猛牯子停下来问，什么意思？我说，我问你，你又问我，晚上好好搜下这个知识。

国庆假期几天，我让九牛叔带路，把县里的几个古村落走了个遍。大部分都衰败了。我想在古村落里找几个老人扯谈扯谈，但计划落空。老人们随子女们搬到新居去了。新居都是一栋栋至少三层的小楼，有的不比城里的别墅差呢！现代风格的，出现了大面积的玻璃墙；中式风格的，有点类似四合院；欧式风格的，楼顶是一个红色圆顶造型。过不了多久，出现哥特风格也不会是奇怪的事。小楼们，家家户户都砌着围墙，安着铝合金大门，且紧闭着。老人们都不在石板路上晒太阳或者打牌聊天了，个个关在屋子里，情况我是知道的，他们要么看电视，要么开着电视发着呆。孩子们也一样，不再呼啸着跑在田野里，而是和老人一样，共处一室，只不过他们手里拿的不是电视遥控器，而是电脑和手机，头上还戴着耳机。村庄一切都安安静静的。这种安静，让我想到小时候家家户户都有的一个小阁楼，那里一般没有人踏足。那里藏着等待老人过辈的棺材，或通体油亮，或落满灰尘。

我多想那些老人能走出屋子来，唱起他们年轻时唱过的山歌。我多想那些还有能力织布的老妇人重新飞起梭镖，打起瑶族的土布和织锦。我多想那些春节回家过年的壮年汉子能取下放在祠堂楼板上的龙头、狮子，在火辣燎人的鞭炮声中舞起来、跳起来。我多想孩子们能够亲眼看看祖祖辈辈曾经的习俗，比如哭嫁、问仙、上刀山、下油锅，并且掺和在人群中，跑跑跳跳，闹闹喳喳。

是的，我多么想！

我多么想，所有的人走出家门，动起来，让传统复活，让传统在一代代年轻人心中留存记忆！

这些传统，这些记忆，它就是瑶族！

除了身份证、户口本，你怎么证明你是瑶族？

这就是证明！

返回深圳前，我给镇长打了个电话。大意是，未来一年，我要带一帮人马回来，包括专家学者，拍一套真正的瑶族文化纪录片。这个纪录片的内容，上至瑶族文明的历史渊源，我知道的，要从蚩尤时期讲起，顺带把盘王、盘古和盘瓠到底什么关系理清楚；还要讲到几千年来族群的漫长迁徙、开枝散叶，以及它在世界各地的分布情况；“白裤瑶和红瑶各有什么区别”，全搞清楚；下至瑶族的节庆娱乐、婚丧嫁娶、衣食住行、方言歌舞、民间医药，等等，等等。到时候请你协助，把老人找过来，把记忆中的场景搭起来。这套纪录片拍完了，再想办法拍反映农村教育问题的故事片。

镇长秒回复：不仅帮你找人，搭景，你剧组的吃住，我也包了。拍到哪个村，就吃住在哪个村！如何，大导演？

我回复：好，定了！

时间之门

写好辞职书之后的三天零五小时八分钟，我去了新媒体大厦七楼的采编中心，找到写着自己名字的格子间，打开了压在橡木桌面上的年终总结。不过我没有找到笔。我抚摸了下光滑冰冷的纸张，木然了一会儿，起身，走了起来。我着急想看看哪里有可以抽口烟的地方。

出了楼层，来到电梯间。电梯间有厕所，我想进去，却看到一个穿着绿色制服的清洁工。他正举着根软管，一手湿巴巴的，想必刚刚冲了地板或者墙面什么的。我没进厕所，顺手推了下一边靠墙的防火门，想必那里连着楼梯通道。

没推开。再用力点，咦，还没开。我退后一步，看了看。“常闭式防火门”六个字喷在淡黄色的铁皮上，红色字体，勾了黑边。把手的位置是一个“开”字，但加了一个红×。我凝视着红×，似乎红×也在凝视我。什么玩意儿！我心里貌似有这么一句台词，接着加大力气再一推，啪的一声。嗯，门开了。

就那瞬间的工夫，一道强光射进我眼里。我只觉眼里灌满了泥沙，哦，不，是水泥浆，那种被封锁和凝固的感觉。接着我就发现我正坐在一张红木办公桌上奋笔疾书。天呐，我穿着蓝色制服，正在写领导讲话稿："同志们，为深化警示教育常态化工作机制，推动执法队伍廉政建设向纵深发展，今天，我们在这里召开干部大会，同时也宣告第二轮'清风教育敲警钟'主题活动正式拉开序幕……"李清明副主任举着报纸，突然喊道："这句话加上去，这句话是市里最新的提法。"李主任绕到我身后，一字一句念着："始终绷紧'法纪'这根弦，不断夯实'讲纪律、敲警钟、勤自律'的清廉氛围。"我一边"好、好、好"，一边打字，"哎呀，'夯'的五笔怎么打，打不出来。"李主任大喊："小张。"打字员跑过来。我又说"夯"的五笔怎么打，小张说："我来。"

我和李主任就在小张身后盯着，看他两手噼噼啪啪地把讲话稿录入进电脑。李主任说："二〇〇〇年的'〇'，记得打成圆圈，不要再是阿拉伯数字的0了，局长秘书出身，严谨得很。"小张眼睛凑近屏幕——感觉他的头是从屏幕里鼓出来的——到处找那个特殊的圈圈，终于找到了，插入符号，复制粘贴，最后终于点了"打印"。喷墨打印机吱吱地来回响着。我抽出讲话稿，自己浏览了一遍，然后给李主任。李主任默念完，交给了我。我扯扯制服，去找局长。

局长办公室的门口永远是紧闭的，需要敲门。咚咚。没动静。是不是出去了？我返回了办公室。李主任说："下午开会要用，会不会是他在打手机没听到，你再去看看，不然到时候又说我们工作做得不到位。"我又敲门。咚咚咚。还是没动静。我站了一会儿，正要转身，门呼啦开了，一张通红的脸对着我，"你要干什么！"妈呀，是局长。局长的眼珠都要鼓出来了。我说："下午的讲话稿。"局长一把扯了过去，砰，门关了。风声、气流扑在我脸上。我听到门里响起一个女人的声音："谁啊。"

我要看看这个"谁啊"是谁啊。我抱着文件站在电梯口，假装等电梯，任电梯上上下下上上下下。半个多小时后，听到局长办公室门口传出脚步声，哒哒哒的高跟鞋。我赶紧看电梯门上跳闪的数字。嘀嘀嘀声到了，哦，原来是宣教中心新调来的职员，说是以后城管系统要有自己的新闻中心，她是主持人。女孩和我一般大，估计也是刚毕业没两年，但神态和她的身材一样，高傲极了，昂着头，手不停地撩着头发。我鼻子哼了一声。这时候局长到了电梯。局长背着手，也昂着头，既不认识我也不认识女孩的样子。只有我抱着东西低着头。门开了，他们两人进去了，我没动。门关闭瞬间，听到里面女孩的一个声音："那人谁啊。"

干部廉政大会一周后，我就被调整到了公园管理中心。李主任安慰我说那是个好部门，区里十几个漂亮公园都归你管，一天逛一个公园，周六周日休息，一个月就过去了。我没好意思说就是因为你让我去局长办公室敲第二次门。

被发配的日子，我哪里受得了。第一天，搬到中心，要电脑没电脑，要门钥匙没门钥匙。头发硬得像钢针一样的中心主任胡主任正和一帮人在喝茶吹牛说粗话。其他人都叫胡主任“首长”。一听明白了，胡主任是军转干部。喊他的人都是他带过的退伍兵。各个公园都要大量的临聘人员，胡主任把他的营队转移了个阵地。我屁股对着他们说，主任，那我等电脑到了再来上班啊。胡主任说，你说呢？我说，没电脑啊。胡主任说，没电脑就不能上班，你大学生就这么特别？我说，没电脑是不能上班。一个黑脸平头接过话，你是主任还是首长是主任，不醒目。我说，我不需要醒目。咦，大学生来劲了。黑脸平头脖子伸长了说。我说，滚。他妈的，老子还真手痒了，多少年没打人了。黑脸平头起身，没等我躲闪过来，一脚把我踹倒了。我顺手摸到一张塑胶高脚凳，抄起就甩过去。胡主任和其他人都喊起来：停！

这一声“停”，让我眼睛突然亮了。灌满的泥沙瞬间化为空气。我手一松，防火门啪的一声关上了。我身上穿的不再是蓝色城管制服，是灰色 T 恤、牛仔裤。我、我、我做白日梦了，还是所谓“穿越”了，所谓“平行世界还有另一个我”？耳边依旧有清洁工的响声。怎么可能是做梦！不是做梦，那是真穿越了，真是另一个我？

我没有多想，赶紧回到采编中心，回到标着自己名字的格子间。看到自己名字，我确定我身处真实的物质世界。

然而采编中心我很陌生。它是刚刚投入使用的新写字楼。我这是第二次踏入。第一次，是昨天。昨天，报社要求每个部门的主任、副主任必须参加新楼入驻仪式。有市里的领导到场，大家像模像样地假装投入工作，记者在写稿，编辑在排版，经营部门在开会。领导一走，大家就散了，毕竟太早了，九点多钟。报社历来都是上午空荡荡，下午才开始热闹，大家陆续上班，晚上八九点钟那是最热闹的时候，记者拖到最后一刻赶稿子，编辑催稿子，组版员边吃东西边聊天边等稿子上传到系统，值班老总对着大屏幕和值班副老总、采编中心主任安排着头版要上什么稿件，一条二条三条安谁，要不要配评论。不管是传统媒体时代，还是现在新媒体时代，报纸的工作节奏、流程始终没变过。

怎么搬到新媒体大厦来了？以前的传媒大厦呢？以前的传媒大厦，全部用来出租赚钱补贴办报了。想想，也挺委屈，二十年前，传统媒体最吃香的时候，没有网络，或者网络不发达，都还是拨号上网，大家都看报纸，报社赚钱啊。想在报纸上做广告，都要排队走后门，而且还必须是提着现金来。

广告部里面的人永远是乌泱乌泱的。地产、汽车大客户向广告员递着烟，讲着好话，希望争取个好时间好版面，“周五最好，头版最佳”。掉了个身份证、驾驶证的，挤在窗口前甩着十块二十块的零票子，要登遗失声明，不然公安局不给补办，“麻烦明天帮我登出来”。那真是黄金时代。那时办报的人也有眼光和胆识，向市里要了地，向银行贷了款，建起了雄伟的传媒大厦。九十年代啊，敢建五十五层的高楼，地下停车场都有四层，这多有先见之明。关键，城市的中心不停北移，很快传媒大厦所在位置成了 CBD。CBD 啊，整整五十层用来出租，这收入，多大一笔。我是二〇〇〇年就从城管队伍退了出来，公务员不当了，当记者，也赶上了记者最有地位、收入最高的黄金十年。

三十年河东三十年河西，根本不要三十年，最近十年报纸就不行了。有天妻子问我，你们现在收入下降了多少？我没好意思说，现在跟二十年前的一模一样。我说，我们准备恢复到事业编了。妻子说，报社不本来就是事业编吗？我说，是，但是以前是“事业单位，企业运作”，现在后面四个字不提了。累了一天的妻子没时间和我绕，不问了。

报纸是彻底不行了，赚不到钱了。但办报的成本，人、设备一个没少，反而增加了。现在都是全媒体，报纸也有视频部，也有演播中心，各种机器、系统不比电视台差。人，有离职的，但也不多。国资委出手了，把报社收编了，说是让一帮老编老记、名编名记安心办报。大家是安心办报的。晚上八九点钟的时候，一整层的组版房依旧热闹，各种催促，但和二十年前相比，也仅仅是热闹而已，大家不过是希望早点弄完自己的一亩三分地早点走人。二十年前，大家是希望早点弄漂亮自己的一亩三分地，好第二天显摆自己做了一个好标题或配了一张好图片。昔日的理想主义变成今天的敷衍了事、不出错就好。十年一觉媒体梦啊。

不到一年，国资委为了整合资产，让收益最大化（市中心的写字楼多值钱啊），便叫报社搬离了传媒大厦，到了现在的新媒体大厦。现在的新媒体大厦位置就偏了，在南边的老城区，而且是一栋烂尾楼包装而成。那栋烂尾楼据说是某个国企的资产，后来一直没有人盘活接手，加上民间流传那里在清朝的时候是个杀头刑场，就更加无人问津了。有考古人员出来辟谣过，说清朝的时候，那里还是一片海滩，渔民放养海龟的地方，根本不可能是刑场。我们报纸也曾经发过很长的一篇报道，也是想救国企一把。没想到救到自己头上了。好在做媒体的人不信那些乱七八糟的东西，至少表面上是。何况重新装修后的烂尾楼早已没有一点陈年老楼的迹象，一切都是崭新崭新的。

打开电脑，看到写好了的辞职申请。桌面上的年终总结依旧静静地躺着。为了进一步确认自己回到了现实世界，我到邻居的一个格子间找到了一支签字笔，并用它在年终报告上填下一些内容。姓名：庞高旗。性别：男。职务：副主任。部门：文化部。写完我意识自己写错了，划掉“化部”，后面写上“体娱乐部”。报纸版面减少后，很多人派到新媒体部门，剩下报纸的部门大合并，不叫文化部了，叫文体娱乐部。

继续填。主要职责：协助部门主任，管理记者、编辑日常的采编工作。年度工作成绩：……

不想填了。能有什么成绩。国内的、国外的、本地的所有文化、体育、艺术、娱乐新闻都放在一个版面里，各占四分之一个角，拼盘。做深度点，版面不够，做不开。单纯做新闻，报纸第二天才印出来，永远是旧闻。以前有句话说，新闻是速朽的垃圾，现在不用速朽了，直接垃圾。我成了每天指挥七八号人贡献垃圾的人。

我他妈真不该辞掉区城管局的公务员。当年和我一起写领导讲话稿的李清明副主任，现在已经是区里常委了，就那个没一点文化水平的胡主任也是市局的正处了。二〇〇八年奥运会，市里公务员开始大幅度提工资，现在处级干部一年三四十万不是问题，而我现在，就十万出头。十万出头的年收入，在这么一个国际化大城市，怎么养家糊口？想着就郁闷。我下意识摸裤袋。软软的，烟。我再次出了楼层，来到电梯间。

我又看到了那个防火门。“常闭式防火门”六个字很醒目，把手处那个“开”字上的红×似乎正在发出警告。不由得咯噔了一下。我刚才就是推开了它，然后，然后就穿越了，穿越到了二十年前大学刚毕业的情景。

说不清是什么力量或者什么念头，让我手又按住了铁门。我微微用力，门是松动的。我松开了。我摸出烟，躲进厕所的蹲位里，一边抽，一边想思考些什么。可是怎么也想不起来。我猛吸起来，到了烟快燃尽的时候，我又有点舍不得这么快就吸完，直到过滤嘴变得焦黑。我把烟头冲进厕所里，出来。我掏出手机，对着镜子，给自己拍了张照。镜子里的那个中年人，多么萎靡！

我出了厕所，走到防火门前。我凝视那个红×，那个红×也在凝视我。我手挨上门，犹豫中，突然大力一推，天，又是强光射来，又是眼里灌满泥浆，又是一种被封锁的感觉，然后就发现自己手里正抓着高脚凳准备砸出去。No！我不能砸！我退了出去，退回了城管局机关的办公室，我的副主任李清明正在安慰我，去公园管理中心是个好差事，办公地点在公园里，山高皇帝远，风景好，空气好，事情简单，就胡主任一个人说了算，和他搞好关系万事大吉。

我嗯嗯地应着，“哪里都是干活儿，这段时间多亏了李主任关照，跟您学到的东西太多了，以后还请继续关照，一日领导终身领导。”李主任也认真起来，“小庞谦虚了啊，您高学历，名牌大学，大硕士，水平高了我不知多少段位，电脑、网络又玩得溜，我以后还要多向您请教。”李主任还走到我的座位来。我赶紧站起来。我说：“您记错了，我是本科，不是硕士。”说完，两个人手下意识地握在一起，摇了很久。手放下后，我突然想起来，“嗯”了一下问：“胡主任有什么爱好？”“钓鱼。”李主任看着我说，眼睛亮了一下。

我下了楼，直奔公园管理中心。胡主任和他的手下在喝茶。我打了招呼，每个人都点头微笑示意了一遍。兜里新开的烟，一一递上。那个平头黑脸说话“么子”“么子”的，一听就是湖南人，我用湖南方言说他帅得像施瓦辛格。他说，你讲的方言我听不懂，你讲普通话。我说是的是的，湖南方言十里不同音，然后用普通话说了一遍。大家笑了，说，他像施瓦辛格，那我还像史泰龙呢。大家一笑，胡主任就喊我坐下喝茶。我坐下，我说主任我来泡茶。胡主任说，下次。

人事科办好手续后，我到了公园上班。风景是真的美，空气是真的好，事情是真的简单。每天也照例递烟，说笑话，坐下来学着泡工夫茶，什么“关公巡城”“韩信点兵”都会了。一周后，打听了一些城市钓鱼的基本行情，我就偷偷买了一整套渔具，一个周五背着到了办公室。胡主任眼前一亮，光威牌啊，专业哦，光威就是竿子偏重。我问，主任有什么好推荐？他说了一个名字，我说，等等，我要记下来。在拿出纸笔记那几个字的时候，我就约了主任第二天去钓鱼，“有个刚开的鱼塘，明天我们一起去钓钓？”

第二天下午我租了一辆车，先去胡主任家楼下接他。他背着家伙出来，我左手接过，右手递上两盒酒，“去年我老爸从湘西老家带的酒鬼酒，我喝不了白的，放久了怕坏，主任您拿去喝。”胡主任推了两下没推第三下，转身放到小区门卫室里，说等回来再拿。我拉开车门，他坐后排，我坐副驾驶。一路说着闲话，到了钓鱼场。早跟老板说了，八号长方形鱼塘我包半天，并多出了一份钱，让老板给鱼塘多下了些鱼。胡主任独坐鱼塘腰部，那是最佳位置。我坐一侧，隔了十米左右。鱼竿同时下去，我心猿意马，胡主任则专注极了。可是鱼偏偏跟我开玩笑，我的鱼竿很快动了起来，拉一拉，很沉，鱼上钩了。胡主任那边呢，风平浪静。鱼上钩了我也不敢拉竿啊，我拼命把鱼竿往下按，心里祈祷，鱼啊鱼，你有本事自己挣脱，没本事你就别瞎折腾了，安静一点好不好。我忐忑了十几分钟，突然听到耳边“嘿”的一声，哦，胡主任那里也有了。只见一条大草鱼正在空中蹦跳着，阳光照在鳞片上，闪着碎银子似的光芒。我赶紧跑过去。胡主任对我大喊:“你还没有? ”我说:“还没。”胡主任说:“哈哈, 你年轻人, 火太旺, 美人鱼不敢靠近。”我说:“还是胡主任魅力大。”我帮胡主任上好饵, 看他潇洒地甩下竿, 又在边上站了一会儿才离开。我的竿子依旧在拉动, 我坚持按了几分钟, 才慢慢拉起了鱼竿。我朝胡主任晃了晃鱼,“您旗开得胜, 我也跟着来了。”胡主任哈哈大笑。那天我们吊了上百斤的鱼。我把鱼买下, 我们还就地在附近的农庄吃了全鱼宴, 白酒也喝了将近一斤。全程听他讲自己带兵的丰功伟绩, 开了不少眼界。车把他送回去时, 已经晚上九点多了。他中途打了电话让手下在楼下等, 一下车, 大家把一大桶的鱼分了。湖南老乡平头黑脸也在, 他在黑夜里冲我竖起了大拇指。

我在公园管理中心度过了神仙般的一年。哪个公园的鸟语最好听, 哪个公园的花香最好闻, 我都摸得一清二楚。胡主任知道我是被贬下来的, 也知道我这笔杆子根本不适合他的地盘, 很多事都没跟我计较。我付出的“代价”是从此再也离不开茶, 无茶不欢, 同时钓鱼技术大增。有一次, 我化名并背着胡主任参加华南地区钓鱼大赛, 居然得了亚军。而胡主任最崇拜的一个钓鱼高手, 也才第六名。

第二年, 局长就出事了, 经济问题加生活作风, 但是那个新闻中心的主持人却安然无恙。后来听说, 局长的生活作风问题最严重的, 是跟另外一个歌唱演员。新局长来了, 已经升到主任的李清明就把我要了回来，继续写讲话稿。新局长人很正，对人才也重视，我就一直服务他，他也很认可我的能力。三年后，我提到了副主任，再一年，局长五年期满，顺理成章地到了市局，副局长。他把我推荐给了市局局长，我级别没变，但从区局办公室写讲话稿的变成市局局长秘书，身份完全变了。我除了写讲话稿，还要替局长抵挡各种大事小事。局长的办公室在里面一间，我在外面一间。局长每天的事务，都排得满满，但总会有不速之客闯来求见。他们也只有闯来求见，不然他们那点小事局长是拿不出时间来处理的，甚至按流程，也不由局长亲自处理，那是各职能部门的职责，但如果转到职能部门那里，又无法处理。我无师自通地学会了轻、重、缓、急。确实是局长熟人的，放一马。是上访的，看情况轻重——严重的，通知局长；常规的，交由有关部门。当然更多的是想和局长联络感情、拉关系、吃请的。这些人照样要分情况，是省市领导介绍来的，还是自作主张的。还有的老板带着女秘书来，女秘书那个性感啊，真是让人尴尬。一方面自己想多看两眼，一方面又肯定不能让他在办公室里傻等。等送走他们，只想对老板说："当这里是夜总会啊。"

领导秘书的确是个技术活儿。我胜任了，掌握得炉火纯青。三年后，局长平调到另外一个局当局长。他有点情绪低落，也不方便再带着我。这也合我意，马上人到四十了，不能老是秘书一个。局长把我推荐到了市政府办公厅的一个重要处室，副处了。这个处室有时候可以直接向市长、副市长汇报工作。当然，即便如此，有处长在，也轮不到。我做了一个工作，就是每周六下午到老局长家里汇报下工作。这些工作当然不是面上的工作，而是自己在市府大院里听到的闲言碎语。这些闲言碎语有关于人事的，关于某某背景的，关于某某八卦的。它们有的是谣言，有的是看上去像谣言其实不一定是谣言的谣言。信息交叉，互证真伪。有时分析这些信息，本身也是一种乐趣。老局长还有继续进步的欲望，他对我的每周情报特别期待。这些情报对他的工作和其他事宜，起到了一定的参考作用。又一个三年，他如愿了，副市长当选。我也一步一个阶梯，正处了。最关键，我和老领导又在一个大院里工作了。公开的工作场面，我叫他市长，独处时或者在外面社会应酬时，我叫他老板。“老板”这个称呼，我是不喜欢的，但那段时间，全国上下都流行这么叫，我也随了个大流。叫习惯后反而发现这个叫法非常妥帖。

遗憾的是，我在正处的位置快五年了，依旧没有任何机会。市长、书记们也是来了又走走了又来，连老领导的副市长都做满一届了。他无心恋栈，妥妥当当地去了政协。周六下午，我照例拜访他。我知道这是最后一次拜访。那个下午，我满面愁容。他摸摸我的手，问我，你今年多少岁？我说四十四。他说，还是青年，你着什么急嘛，送你一句话，低谷时蛰伏，失落时隐忍，重整后再战，苦难中开花。我什么也没说，离开了，我与他，缘分走到了尽头。

然而鬼都想不到的是，我走出他家，电话响了，组织部的电话，喊我一个小时后回一号会议室开大会。我穿的是翻领 POLO 衫，觉得不妥，转到商场买了件白衬衫直接换上。到了会议室，提前得到消息，说我任命到一个区里当副区长。我想起，一年前组织部门考察过我，但后来没有了下文。想不到拖了这么久。

第二天，人大会议，宣誓，颁发任命书，副区长就履新了。虽然早有准备，没吃过猪肉但见过猪跑，但不得不说，人踩在松软的红地毯上，还是有点眩晕的感觉。我在新办公室里关起门来坐了很久，觉得这像一场梦。自己一个山区孩子，怎么就当上堂堂一个国际化大都市的副区长了呢？我想到了老领导，现在的市政协副主席，他也是山区孩子，而且三年严重困难时期差点饿死。我想我们此刻应该有所交流和分享。想到这，我开车去了他家里。

堵了一路，一个小时后到了老领导家里，发现有客人在。中间一个铜火锅，酒肉摆了一桌，香气腾腾。沙发上坐着老领导，还有一男一女。哦，那个男人我认识，当年我做局长秘书的时候，他带了一个性感女秘书，被我催着离开。我在心里还骂他“当这里是夜总会啊”。他怎么来了？而且，又带了女秘书，也是性感妖娆。看到我到了，三人直接上桌。老领导上座，十二点钟位置，我三点钟位置，那男的六点钟位置，性感女郎九点钟位置。老领导指着那男的说：“我侄儿。”我轻轻点头。老领导侄儿介绍性感女郎：“我们公司小美。”小美点头。

我也饿了，敬了老领导一杯酒，吃了起来，随即被一男一女各敬了三杯，说要“初次见面，酒过三巡”。老领导说：“喝吧，高兴。”我不知道他说的“高兴”是我履新值得高兴，还是大家坐在一起吃饭高兴。一路上想说的各种感慨，被酒精烧得个一干二净。性感女郎站起来绕到我身边进攻，分不清是酒香还是她的体香，我有点抵挡不住的意思。老领导悠闲地和他侄儿说着听不懂的家乡话。性感女郎的酒杯一放，老领导侄儿又来了。他说：“我现在做的产业，正好是咱们区里的重点扶持方向，改天请区长到公司指导工作。”我说完“嗯”，眼睛就完全蒙眬了。我感觉自己的手伸向对面的性感女郎，可是够不着，我半个身子前倾过去，火锅突然冲出一股热浪，烫在我的脸上！我一惊，往后一退，一屁股砸在木椅上。我眼睛亮了！

我眼睛亮了，手一松，防火门啪的一声关上了。我身上穿的不再是黑裤子、白衬衫，是灰色T恤、牛仔裤。呼，我穿越回来了。我快步走进厕所，对着镜子看自己，一脸慌张。我掏出手机看时间，早上八点三十五，我再看我之前自拍的那张照片，时间是八点三十三，扣除我走进厕所、看镜子、掏手机、看手机、看照片这些动作所花的时间，我刚刚穿越了二十多年，现实世界只花了一分钟不到，或者更短，十秒，几秒？

我有点喘气。我走出厕所，死死盯着那扇普普通通的防火门。穿绿衣服的清洁工又出现了，我问他:“大哥，这扇门你打开过吗？”清洁工有点蒙，“打开过啊，怎么了？”“没什么。”

我回到依旧空荡荡的采编中心，回到自己位置上。眼睛看着只填了个开头的年终总结，脑子里却依旧是那个性感女郎，她长什么样不记得了，就记得她不停靠近过来敬酒，还有通体憋胀的感觉。我试着回忆刚刚出现过的人物，除了李清明主任、爱钓鱼的胡主任，还有那个平头黑脸，至于老领导、他侄儿、市府大院的同事，一点也记不起了，高矮胖瘦一点都没有印象。怎么会有印象呢？后面这截事，我根本就没经历呀！我经历的就是到我抄起塑胶高脚凳要砸平头黑脸那一幕为止。那天，胡主任和他的手下低估了我的胆量，仅仅是喊了一声“停”，平头黑脸也低估了我的力气，没挡住，凳子一角直接干在他额头上，鲜血直流。胡主任没报警，但报给了领导。领导给了我通报批评。第二个月，我在公园里的一个公厕里看到一张放在洗手台上的报纸，头版报眼位置是一个招聘广告，报社要招记者。一周后，我去考试了，当天下午就被告知可以录用，随时可以过来上班。就这样，我辞去了公务员，成了一名记者，一干干了二十年。

我要是真转变了思路，被贬到公园管理中心后，一心陪着胡主任钓鱼，搞好关系，然后重回办公室给新局长写讲话稿，随之到了市局当秘书，然后市府大院副处、正处，再副区长，会如何？我给自己一个假设。答案我觉得很明确，那就是锒铛入狱。当记者二十年，跑时政有七八年，也结交了不少市区一级的官员，处分的、双规的、坐牢的，隔个年把就会看到某个熟悉的名字。有次我饶有兴致地搜集了下这些落马官员的资料，发现其中很多人是农村子弟，靠努力靠勤奋，吃得了苦受得了委屈，一点一点爬上去，爬得越高，防线越弱。

越过餐桌伸手去抓那个性感女郎，最后被热浪冲翻，很可能就是我的命运暗示。与其被热浪冲翻，不如安稳过个普通日子。我朝天一叹。

继续写年终总结，明天就要交了。但是另一方面，辞职报告我也早写好了。甚至，辞掉报社工作干什么去我也想好了。基于现在火爆的短视频，创点业，不算跨界，还是本行。怎么做，商业模式是什么，心里多少有点谱，当然也谈不上多有谱。创业就要先掏钱，租场地，雇员工。去看了几个创意园区，百来个平方，上万块。人工，本科刚毕业，没有七千八千请不来，还不包括五险一金。刚开始，先请两个，一个月开门就是小三万。还不包括自己。不可能一开始能盈利，乐观点三个月到半年，实打实要准备十几万的“子弹”。子弹打出去，能不能百分百打中猎物，都是一半一半的概率。十几万拿得出，万一再来个十几万呢？这也是辞职报告一直没有交上去的原因。当然，因为搬了新办公室，报社老总总是找不到人也是一个原因。主意一旦定了，就直接找老总，然后上会，走个流程，后面办起手续就快了。不然先交人事部，人事部放一边，有时候会凑两三个人事议题再提交班子会议，有时候看班子会议内容太满也会先搁一边，那拖个一个月两个月是常有的事。

年终总结写到“个人成绩”这一栏：本年度，本人遵章守纪，尊重领导，团结同事，根据报社的统一部署，协助部门主任，确保本部门按质按量完成有关策划、采写、发行、经营等任务，个人的采写、发行、经营等任务均超额完成。具体数字是……

具体数字有一个表格，发在部门微信群里。我翻了翻，没翻到。我再翻了翻，还是没看到。不想翻了，也真的不想写了。不胜其烦。这门工作真是烦透顶了，这样的工作总结，“本年度，本人遵章守纪，尊重领导，团结同事”，写了二十年，真的要写吐了。

我站起来，又想抽烟。楼层两边应该都有厕所，我不想再往防火门那边去。只是我一抬脚，走的就是那个方向。又去防火门？我在心里拽着自己。又要穿越？这次穿越去哪里？有意义吗？但脚步不听内心的叫唤，就是去了。

我想到厕所里抽支烟，冷静下，但脚步也不听使唤。要抽烟也到穿越的世界里抽烟。我唯一做了一件事是，拿出手机，点开秒表计时器，看看这次穿越会是多长时间。计时器数字滚动起来，我张开手，挨在防火门上，用力一推！啪！光射进来，眼睛被泥浆一样的东西封住，我又回到了二十年前——

我刚从熙熙攘攘的北京西客站出来。那是个无比炎热的夏天。远远地，我看到了穿着白裙的宁夏。她来接我。风吹动她的裙摆，让人有了一些凉爽的感觉，仿佛风吹到了自己脸上。我跑过去，一手搭在她肩上，一手拉着箱子。搭在她肩上的手，忍不住捏了下她的小脸蛋。

我和宁夏是同班同学，我毕业了，从北京去了深圳当公务员，她考研考到了北大。我们大三谈的恋爱，然后一起开始准备考研。我考研多少有些是为了陪她，我一个山里娃、小镇青年，人生规划没那么远大，踏踏实实工作，享受物质生活倒是十分愿意。考研的目的不还是工作吗。一起复习，也一起考了。她报的是北大中文系，我报的是北师大中文系，因为确实用功，都胸有成竹。不该的是，在等待放榜的日子里，我偷偷投了一次简历。深圳城管系统到北京招人，有一个文秘岗，专业、条件都特别适合我。结果第三天就通知我马上去深圳参加公务员考试，说我进了选拔名单。那时候的公务员考试不像现在火热，我没啥准备就去了深圳。一出火车站，坐的是101路公交，到了终点站就是考点。时间正好，脱掉大衣就答题，完全是蒙的。考完后，找了个小旅馆，三十元一晚。第一次到深圳，知道深圳有海，那就去看个大海吧。第二天坐了三个小时的公交到了大梅沙，看到了传说中的大海。没有一望无际，没有蓝得像块宝石，象征性地坐了一会儿，就返回了。返回途中一路堵车，倒是让我饶有兴致地观赏了很久。一片车海啊，真是看不到尽头，这才叫海嘛。那天回到小旅馆，腰里的 BP 机响了，一直响。我到服务台回了电话，被告知，我的笔试成绩过关了，接下来是面试。

第二天上午面试，地点就是后来工作的区城管局。因为几乎没准备，所以回答得也比较幼稚。但幼稚可能意味着纯真。谁又不喜欢纯真呢。于是成绩也不错。笔试加面试，总分第一。当天中午，工作人员就告诉我第二天去指定医院体检，就算走完全部流程了。体检自然没问题。等我坐火车回到北京时，班主任告诉我，深圳那边发来的录用通知书已经快递在路上了，恭喜我，班里第一个就业的人，还是政府公务员。宁夏知道后，淡淡地说了一句："你不是学生了，你是有工作的人了。"听了让人伤感，我们还没分手呢。

很快，考研成绩出来了，我们双双过关。但我默默放弃了。我对深圳那次盛大的堵车心心念念，我觉得我终于看到了现代化大城市。不堵车怎么叫现代化呢，当时就是这个感受。宁夏复试那天，我踩着单车驮着她穿越半个北京城，心里想的也是茫茫车海。复试完，我们在一个胡同里买了一串糖葫芦，宁夏迎着风吃完，眼泪就下来了，她说："我们分手算了，你就没有打算和我一起奋斗的心。"我有点惊讶，她说分手好像没经过什么情绪酝酿似的。她补充说："毕业之后说分手，说的就是我们这种情况，不在同一个城市。"我反应过来，"这有什么？我工作了，有工资，可以过来看你啊。我还可以资助你呢。"宁夏说："我是说真的。"我说："我也是说真的。"

我们开始了异地恋。宁夏读研三年，我是真的把工资一半都贡献给了铁路和航空部门。北京西客站、首都机场，我太熟悉了。她也终于拿到了硕士学位。深圳有很多不错的工作机会，我推给宁夏。但她没反应。有一天，她来了深圳，我们去看海，赤脚走在沙滩上。潮水一会儿漫过我们脚背，一会儿退去。两个孩子在戏水，海水溅在宁夏脸上。“哎呀！”宁夏捂着眼睛。海水进眼睛了。我从宁夏的包里掏出一张湿纸巾，替她擦干了。海水擦干了，泪水滑出来。又是那句话：“我们分手算了。”我问：“为什么？”宁夏说：“深圳很美，但我要出国。异地恋，我们扛过了，异国恋就没那么简单了。”我问：“你出哪个国？”宁夏说：“英国，伦敦。”这下真难倒我了。我那时候已经在报社工作，收入不错，即便买得起机票，但时间花不起啊，而且还有签证等各种麻烦。我说：“伦敦除了古老，不一定有深圳好。”宁夏说：“我要的就是古老。”

姑奶奶！我没话说了。我们搭船去了一个小岛上吃海鲜。石斑鱼、毛蟹、花螺、濑尿虾、扇贝，摆得眼花缭乱。我使劲夹给宁夏，“去了伦敦吃不到这些了。”宁夏纠正说：“伦敦也有海鲜。”我说：“有，没这么新鲜。”宁夏问：“伦敦也靠海吧。”我说：“靠个屁。”宁夏知道我的地理厉害，不说话了。后来我们就默默地吃完了所有的海鲜。我因为喝了太多赠送的啤酒，吐得一塌糊涂，宁夏怎么把我搞回宿舍的，我完全没有知觉。

醉醒之后，我问宁夏：“你说去伦敦定了吗？还是只是打算。”宁夏打开我的电脑，进入她的邮箱，说：“看我的英文名字，在博士录取名单里。”我说：“那我就跟报社辞职，你读书，我打洋工，为国赚点外汇。”宁夏哭得一塌糊涂，这次是她把冰箱里的啤酒自顾自喝完，醉倒在地。我也懒得劝她。人生能有几回醉，何不潇洒走一回。

我们双双去了伦敦。宁夏有奖学金，但远远不够。英镑太贵了，中餐吃碗米饭合人民币三十元。为了安心吃到中餐，我们是真的同时打了几份工。我的正职是在一份华语报纸里做编辑，编房地产周刊，既介绍英国的房子，也介绍中国的房子。那时，中国的商业地产刚刚开始。兼职呢，有早上送牛奶，晚上酒吧当服务员。一路紧紧巴巴，也还好，又度过了三年。宁夏博士毕业了，工作顺利，留校当老师。我的工作也稳定，收入徐徐上升。二〇〇八年举世瞩目的北京奥运会后，明显感到国内经济越来越牛，同胞们也越来越有钱。伦敦的游客和投资客越来越多。我主办那份房地产周刊十分抢手。我和宁夏再也不用兼职打工，下班了，我们走在泰晤士河边，优哉游哉，真的体会到了什么叫“徜徉”。

“徜徉”了两三年，我们结婚了，因为宝宝怀上了。我们回了国，办了酒，我特意回了一趟深圳，请了当年一起共事过、关系不错的同事。无论是城管局的公务员同事，还是报社的记者同事，都叫我如果手头有钱赶紧买套深圳的房子。我财大气粗地问："深圳市中心房价多少？"答案是："三到四万了。""哇，这么贵。伦敦也就是三万一平。"我说。"而且是泰晤士河边上呢。"宁夏补充说。深圳的同事开始骂娘，说深圳的房价变态，哪里买得起。一个记者改口说："不买也好，国内房价迟早会跌。到时候你拿着英镑回来，捡个漏。"

第二天，我们晚上的飞机，飞伦敦。酒店隔壁就有一个新楼盘，热闹喧天。远远就听到主持人在说："砸金蛋啦。最低百元现金，见者有份！"我们就去看热闹。楼盘名字文气十足：诗书苑。售楼小姐先登记了我们的手机和电子邮箱，然后拉着我们砸金蛋。宁夏大木头锤子一锤下去，金蛋碎裂，彩花四射，果然一张百元大钞在里头。主持人又说了："这一百元，用来买房，抵十万元用，等于两百万的房，直接打了个九五折。"

参观了园林，参观了毛坯房，再加上未来的各种配套，这真是个住了很诗意、舒服的小区。"三房，九十八平，两百万。你们买了，简单装修下，用来出租也是可以的。"售楼小姐得知我们在英国，一个劲儿地出主意，"要是今天定下来，交十万定金，我申请再优惠十万元，等于是打了个九折。"我咬着宁夏耳朵说："我们才不要上当呢。"宁夏说："忽悠不到我们。"

回到伦敦，我们几乎是全款买了一个二居室公寓，接近两百万人民币。工作，养孩子；养孩子，工作，开始了标准的中产生活。我离开了房地产周刊，跳槽去了一家母婴产品的购物网站，两年一升两年一升，到了二〇一八年，我做到网站的CEO。正当我为网站业务在我手里稳定上升而得意的时候，一个消息断送了我的前程。老板把网站卖给了别人，这个“别人”不是别人，是中国一家公司。公司重组，人员大换血，我不在新老板的考虑之内。算了下，补偿金算是可观，我也懒得再去争取了。

几乎是同一时间，深圳一所新成立的大学，不知道从哪里得知宁夏的简历，伸出了橄榄枝，薪资、职务都不错。我们选了一个秋高气爽之日，一家三口返回深圳。我们被这个真正的、如假包换的国际化大城市所倾倒，无论是城市建设、生活便利还是市民素质。毕竟是中国人，回到自己的国家，怎么都觉得好，我也想留在深圳。

宁夏的大学不在市区，在靠近另外一个城市的边界地区，不过有可以租用的周转房，暂时住下来，是没问题的。我要找工作，地点肯定是在市区。孩子上学肯定也得在市区。这意味着我们需要在市区买房。于是去看房子。我突然想起很多年前，我们看过的诗书苑。去了，一看，傻眼了，三房，九十八平，一千两百万。当时售楼小姐给的价格是两百万还可以打个九折。翻了六倍。伦敦那个房子，也翻倍了，可就翻了一倍。把伦敦房子卖了，再把这几年的积蓄投进来，还不够买个诗书苑，还要贷款当房奴。如果当年听了售楼小姐的忽悠，上了一当，在伦敦躺着休息都可以。

“先生，怎么样，要考虑吗？”地产中介小哥哥问。

我问宁夏：“小姐，怎么样，要考虑吧？”

问完，我浑身打战——怎么办啊，这生活！

宁夏不知道是悲伤还是愤怒，只听见她跟好莱坞电影里的大英雄迎来至暗时刻似的一声大喊：“啊！”

这一喊，把我喊回了现实。我眼睛亮了，手一松，防火门啪的一声关上了。穿越结束。我手里还握着手机呢，屏幕上的计时器还在跳动，我赶紧按了暂停。天呐，时间只过去了六十秒！一分钟穿越二十年。这神奇的时间之门。

我再一次回到格子间。这次我笑了。我甚至想发条信息给宁夏，老婆，你不要担心我报社收入下降了，咱好歹有两套房，现在每个月租金收七八千，要是当年真被你忽悠去了英国，那才是真的悲催了。

是的，当年宁夏闹着要去伦敦留学，我没说反对也没说支持，就一再给她提供各种工作信息，一开始她视而不见，只想着出国。但有一次，我说工作是香港的一家金融公司，而且一半时间是在伦敦，宁夏这才松了她那一根筋。她去了香港工作，是一家跨国投行，氛围很好，她慢慢由企宣涉及业务，最后成了骨干。为了方便她往返深圳，我们早早在通关口岸边上买了房子。后来，她把业务做回深圳，和昔日同事合伙开了理财工作室，我们又在市中心买了一套大房子。

两套房子还是不能解决我的职场危机。不能靠着这两套房子过后半生。看到填了一半的年终总结，我又叹息起来。再次翻出部门微信群，再仔细翻了一遍。这次找到了那个表格，点开了，把部门的各项数据、我自己的各项数据，给加进了“个人成绩”里。

到了写“不足”的部分。这个简单。不足就是工作不够主动，业务能力有待加强……

这也是填了二十年的套话了。我把笔丢下，不想填了。马上九点了，我想是不是直接打下老总的电话，问他在哪里，我过去找他，直接把辞职报告交给他。这样我就不用填这个假大空的年终总结了。我找出了他的手机，甚至输入到了屏幕上。我颤抖着手指，但还是丢下了手机。还是等等吧，不差这几天。我一边这么安慰自己，一边讨厌自己。我总结这是典型的农家子弟的懦弱，是小农意识。

我又想到“时间之门”。我脑海里生出一个大胆的想法，能否穿越到我的童年，能否改变我这小农意识。因为我想起母亲当时嫁给父亲时，还有一个选择，那就是嫁给一个大音乐家。如果我出生在大音乐家家庭会如何？

我快步走向防火门。啥也别犹豫了，站好，手用力一推，等着光射进，泥浆封住眼睛，穿越。可这次奇怪了，光是射进来，但眼睛好好的，没有任何异样，我也没穿越，还是原地站在门前。我把门拉紧，再试了一次，结果还是一样。我又试了一次，还是如此。我踢了下门，再试，还是没有穿越。

我干脆推开了防火门，靠在楼道边。窗外是主干道，车水马龙。人们步履匆匆。我点燃一支烟，感觉自己有些疲惫，于是坐了下来，坐在台阶上。我扭头再看“时间之门”，它就是铁板一块。

烟雾在眼前升腾，它们绵延婉转的样子，让我想起老家的山歌。说到山歌，我又想起母亲说的话。当年，母亲十八岁结婚，面临两个选择：一个是父亲，一个是一个大音乐家。父亲是穷光蛋，但唱山歌是一把好手，田间地头，和母亲对唱，简直是天作之合。大音乐家从北京来，来少数民族山区采集民间音乐。他一眼看上了井水一样纯真的母亲。大音乐家想娶了母亲就返回北京。外公外婆在灶火前抛银圆，正面跟父亲，反面跟大音乐家。结果抛的是正面。外公死那天告诉母亲一个秘密，他就一个女儿，怎么舍得送到那么鬼远的地方去，所以他做了个手脚，用锡箔纸按出银圆的正面，再包上去，怎么抛都是正面，骗过了外婆。那是六十年代末的一个晚上。那个晚上母亲同时得知，也幸好没有跟着大音乐家上北京——大音乐家没有带走母亲，便带走了隔壁公社另外一个唱山歌唱得也很好的妹子。两人也确实去了北京，但大音乐家其实并不是北京人，也不在北京工作，他只是向往北京的天安门广场。他们在天安门广场唱了一天一夜的歌，然后继续北上，到了冷得要死的漠河的一个小镇。大音乐家只是小镇的大音乐家。南北差异让两口子矛盾不断，孩子出生不久，两人就离了婚。山歌妹子开始漫长的返乡之旅，结果没走出漠河，就冻死了。孩子跟着每晚必醉的小镇大音乐家过日子，后面来的后娘，恨不得把孩子当奴隶使唤。

如果能够让时间倒流，让母亲跟了小镇大音乐家，我的人生就能反转？我是会成为考入中央音乐学院，毕业后一年四季穿燕尾服的音乐家，还是沦为后娘使唤的奴隶？我笑了，笑出声来，“去他妈的‘如果’！”烟头被我弹在空中，翻了个跟斗，落在脚下。我用脚狠狠踩灭，返回了格子间。

继续填最后一栏“规划”：新的一年，协助部门主任，按质按量完成报社下达的各项任务。同时提高个人的工作主动性，加强学习，增加业务能力，策划更多精彩专题和版面。

不想写了，也写完了。我卷起来，放在包里，和辞职报告叠在一起。九点半了，肚子咕咕叫，我这才意识到自己还没吃早餐。我出了楼层，却听到防火门里有人在说话。接着看到门打开，领头出来的居然是报社老总，后面跟着一队人，有报社办公室主任大兵，有绿衣服的物业，还有四五个穿着灰蓝两色制服的人。他们是电信的。大兵我熟，我们一批进来报社。我问他怎么了，他说：“楼里网络信号不稳定，网络安全的人说，我们这里磁场异常。”我瞪大眼睛，“磁场异常？”大兵使了个眼色，悄悄说：“他们就是推卸责任，技术不行，叽叽歪歪扯这个扯那个。”

一队人进了采编中心。我冲了过去，拿出了辞职报告，交给了老总。老总看了看，说：“好的。”

我转头出了楼层。防火门安安静静。我没有按电梯，直接打开防火门，进了楼道。窗外有暖阳，温柔地包裹着整座城市。它吸引着我。明天就是新的一年，我想在这一年的最后一天，好好晒晒那久违的太阳。

噔噔噔，我走楼梯而下。随着我重而清晰的脚步声，声控灯光逐一亮起。

后记：晚安，亲爱的朋友

我刻意查了一下Word文档创建日期。这部书稿里同名小说《晚安》的初稿，写就于2015年。小说写一位癌症晚期的母亲，让当警察的儿子给自己实施安乐死；在这之前，这位知识分子母亲会给儿子讲七个关于死亡的故事，每天一个。很多人问我，这篇小说有没有原型。不能说有原型，但我确实有类似体会。2014年，我的母亲查出食管癌，晚期。因为母亲有些岁数了，医生不建议动手术。一阵常规治疗（化疗、放疗）后，母亲被摧残得不成样子。我果断放弃了这个所谓“放之四海皆真理”的治疗方法。母亲回到家里，过了一段平静日子。但无法改变的是，这个病的最终结果一定是越来越大的肿瘤堵住食管，导致无法进食，甚至包括一滴水。人被活活饿死。我陪着母亲，每次会握着她的手腕。到最后，皮薄如纸，我握住的是一根细细的骨头。时间一点一点地走到终点，既平静又漫长，一如小说里重复写到的“我”在清晨时分烧开水，水烧开了，然后听水声咕噜咕噜地响。其实根本用不着那么多开水，不过是“我”想做点什么，打破那平静和漫长而已。初稿写完，一放数年。每年我都会拿出来通读一两遍，并做些修改。2021年，母亲去世五周年，我把稿件投给了《当代》杂志。编辑部认可这篇小说，并提出了专业的修改意见。小说最终发表在《当代》2022年第2期，并迅速被《小说选刊》《小说月报》《中篇小说选刊》《长江文艺·好小说》转载，被《民族文学(维吾尔文版)》翻译、转载，入选人文社编《2022短篇小说》、张莉主编《2022短篇小说20家》及《小说月报2022年精品集》等年度选本，登上第五届《青年文学》“城市文学”排行榜，获得第十一届广东省鲁迅文学艺术奖，等等。

《晚安》发表后，近年来集中写的一批小说也相继发表。包括收录本书的《时间之门》《两个父亲》《证明》等篇什，发表的刊物是《十月》《民族文学》《作家》《长江文艺》《小说月报·原创版》《西湖》《青年作家》。这些小说是同一主题，写的都是都市人的困境，或生存或精神，呈现的内容或家庭或个人。夫妻关系、父子关系、邻里关系都有涉及。这些关系有紧张，但更多的是和解。白天再焦虑，到了晚上，总归会平静一点，因为会回到家里，因为夜会来临。家是都市人最后的归属，夜则是一天下来最温柔的犒赏。我们很多人会向孩子道晚安，甚至趁孩子熟睡后亲吻额头。做完这个动作，我们也在跟自己道晚安。

“晚安”自然而然地成了书名。它是这部书稿某些精神内核的感性概括，也是我的祝福。祝福小说里的每个人物，祝福每个读者，无论身处何种境遇，每当夜晚来临，内心安然、平静。

晚安，亲爱的朋友。

钟二毛

2023年11月，深圳

晚安